projeto gráfico **Frede Tizzot**
revisão **Vanessa C. Rodrigues**
foto da capa **Verginia Grando**

© Editora Arte e Letra, 2022
© Verginia Grando, 2022

G 754
Grando, Verginia
Amores ruins / Verginia Grando. – Curitiba : Arte & Letra, 2022.

128 p.

ISBN 978-65-87603-30-8

1. Contos brasileiros   I. Título

CDD   869.93

Índice para catálogo sistemático:
1. Contos: Literatura brasileira   869.93
Catalogação na Fonte
Bibliotecária responsável: Ana Lúcia Merege - CRB-7 4667

Este livro foi produzido no Laboratório Gráfico
Arte & Letra, com impressão em risografia
e encadernação manual.

Arte & Letra

Curitiba - PR - Brasil
Fone: (41) 3223-5302
www.arteeletra.com.br - contato@arteeletra.com.br

Verginia Grando

AMORES RUINS

to old men and poet girls
(para homens velhos e garotas poetas)

exemplar nº 208

Curitiba
2022

Gate Gate Paragate Parasamgate Bodhi Svaha
प्रज्ञापारमिताहृदय

(É tudo ilusão.)

"*Ainda que não te fossem dedicadas
todas as palavras nos livros pareciam escritas para você*"
Ana Martins Marques

SUMÁRIO

ACABOU, BABY BLUE..................9

AMERICAN DREAM..................15

AMOR PROFANO..................27

AMOR SACRO..................33

CLEMENTINE & THEODORE..................39

DIÁLOGOS DA CHUVA..................45

EL DORADO..................53

FOGO SAGRADO..................65

LEVIATÃ..................71

O AMOR É CHATO..................77

O HOMEM VELHO..................87

O RETORNO DE SATURNO..................95

POET GIRL..................101

SANGRA..................107

SOBRE O DESTINO DAS FLORES..................113

POSFÁCIO..................123

AGRADECIMENTOS..................127

ACABOU, BABY BLUE

Havia pintado as unhas de vermelho e depilado virilhas e pernas, os pequenos rituais de fêmea que gostava de fazer para ele. Dois dias para ficarem juntos, foi o combinado. A vida é tão impermanente, ele gostava de repetir essa frase para ela como uma mantra desde que se conheceram. E como poderia ser de outra forma? Afinal, todo mundo sabe que o fim dessa história são os olhos fechando naquele suspiro no avesso da morte. Ainda assim, chegamos e vivemos nesse mundo com bravura: amamos, criamos e partimos tantas vezes em vida que o final é só um detalhe. A impermanência não é um predicativo da vida, uma desculpa para consagrar o rumo ao destino sem decidir nada. Vou voltar para ela, ele disse por telefone. Como assim? Quando foi que isso aconteceu? Eu preciso de alguém que aguente a minha loucura e me ame apesar de tudo, e ela nunca desistiu de mim e... E eu? Dois dias para ficarem juntos que foram na verdade assim: um dia de silêncio e outro sobre o fim. Uma gargalhada brota de dentro dela sem que consiga controlar. Ri alto e sozinha no meio da rua. Não, ele não voltaria para a ex-mulher e as filhas. Ela, a qual ele se referia, era a ex-amante; a outra, aquela que segundo ele fez com que seu casamento respirasse por mais alguns anos. Aquela com a qual ele havia terminado um ano antes da separação com a esposa ter se tornado uma verdade pintada em papéis, assinaturas, pensões e divisões de bens. Aquela com quem, ele afirmava com uma frequência fervorosa, "praticamente não se falavam mais", mesmo que nenhuma pergunta a respeito desse assunto tivesse sido feita.

É engraçado, mas a verdade sempre tem seu jeito de se fazer mostrar e te dar um tapa na cara, seja através da tristeza quase poética de um gesto ou palavra que se segura no exato momento em que nasce, ou através de algo não tão glamuroso como um post no Facebook em que a tal outra faz algum comentário quase sem maldade deixando claro que a música postada por ele é algo que os dois dividiam (ou ainda dividem?) quando estavam juntos. Eu não devia ter simplesmente ignorado, não! Agora o tapa na cara vinha com uma força ainda maior, a força da realidade. Aquelas palavras repetidas vezes e mais vezes, "nós praticamente não nos falamos mais" ou ainda "ela é passado", caem por terra não sem antes apunhalar seu estômago, deixando o sangue drenar um tanto até atingir finalmente o peito. A sua Anam Cara, como ele disse certa vez, a que veio antes dela e que fora colocada em um altar inatingível, na verdade era uma sombra. Uma sombra que não parecia pertencer a ele, mas que por algum motivo ele escolheu carregar. Nada mais penoso do que se relacionar com alguém que tem a crença de que uma sombra é um amor maior em cujas águas se pretende banhar até o fim. Não foi justo comigo, sente o sangue drenado de seu corpo parar de escorrer junto com um pequeno movimento sutil em suas entranhas. Leva a mão à barriga. A ânsia de vômito vem forte e corre até uma lata de lixo perto dali. Alguém que passa lhe oferece um pouco de água que ela aceita sem pestanejar. Não, não era justo. Nenhuma mulher merece crescer sem luz, assim como ninguém deve carregar qualquer outra sombra que não seja a sua própria, aquela que emana da própria condição humana.

    Eles haviam se conhecido durante uma entrevista: ela jornalista aspirante a escritora e ele doutor em literatura americana com ênfase nos movimentos pós-segunda guerra.

A entrevista era sobre o lugar dos beats na cultura contemporânea. Por vezes as perguntas escapavam da mente dela diante daqueles olhos que a encaravam com tal força que a fazia se sentir nua. Quase no final da entrevista, ele elogiou o all-star branco dela quebrando a sobriedade do preto que ela vestia. Algum comentário sobre o tênis ser a reminiscência da blusa xadrez na cintura - e de todo o movimento grunge da sua adolescência que de alguma forma ainda borbulhava nela e sobrevivia à vida adulta - se fez em meio a suas bochechas ruborizadas. *Come as you are, as you were, as I want you to be*, ele respondeu meio cantarolado. Inesperado. Ela sorriu. Colocou o cabelo para trás da orelha porque já não sabia o que fazer com as mãos. Ele era mais velho que ela, porém não a ponto de fazê-la se sentir tão menina como passou a se sentir diante dele a partir daquele momento. Mais algumas perguntas. A entrevista chegou ao fim.

– Quer jantar comigo mais tarde? – ele perguntou sem rodeios.

– Até onde eu sei você é casado. Não saio com homens casados.

– Divorciado há quatro meses. Você pode colocar isso na matéria se quiser.

– Posso mesmo? – sorri.

– *As an old enemy...* pode.

E assim se fez o começo entre os dois: músicas em comum, sabores, revelações, filmes, trepadas, histórias, nomes de amantes, omissões, beijos, all-stars, mais trepadas, livros, mais revelações, coincidências, ilusões, presente que se fazia passado e passado que se fazia presente. Como toda paixão avassaladora, a promessa de um amor ruim.

As unhas vermelhas, voltemos para ela na rua agora tentando controlar o riso mais uma vez. Você está bem?, pergunta uma mulher que passa. Faz que sim com a cabeça tentando controlar a respiração e enxugando algumas lágrimas. Puxa o ar profundamente e volta a caminhar: não sabia ao certo para onde, mas simplesmente achou as paredes de seu apartamento um pouco claustrofóbicas e então saiu andando sem destino. Olhando para a ironia que suas unhas vermelhas carregavam, o riso nervoso já contido, começou a sentir uma força brotar-lhe dos pés entrando em seu útero fazendo com que suas costas se endireitassem. Tinha naquele momento cinco metros de altura. O problema não era ela. Nunca foi. Alguns homens procuram nas mulheres uma mãe, alguém que simplesmente tolere toda a merda deles sem se importar com o quanto isso pode machucá-las. E, para contrabalançar tudo aquilo que a mulher-mãe não é capaz de lhes dar, lançam-se ao mundo em busca da amante: aquela que de tão loucamente apaixonada coloca-os em um altar para adorar, amar e sofrer por eles. Uma relação que beira ao platônico, mas que a faz secar dia após dia, a cada encontro, com as promessas e poesias que funcionam como os farelos de pão dados aos cachorros. Homens egomaníacos não conseguem lidar com uma mulher que é simplesmente uma mulher: e era isso que ela sentia nascer dentro dela. Uma mulher que consegue amar, transar, entregar-se ao outro sem se perder dela mesma.

 Acabou, baby blue, sussurra para si mesma sem muito rumo entre as árvores da rua agitada em meio a um inverno solar. Acabou mesmo. Será? É como se eu tivesse ateado fogo a um jardim no pico de sua floração, e lá estava ela mais uma vez pensando nele. Tentando, em vão, achar a combinação de palavras que pudessem descrever o que sentia ao tentar matá-lo dentro dela. Impossível. Carregava uma parte dele em seu ventre. As palavras são realmente limitadas para expressar determinadas dores. Seguiria em frente, é fato, mas em silêncio. Tentando não mais dizer o indizível. O amor não cabe nas palavras, mas se exaure nelas. O final do amor existe apenas nos espaços de uma caligrafia rebuscada, daquelas com letras que tentam tocar o alto e o chão ao mesmo tempo, ou que se perdem em espirais e curvas. Olha para o céu, uma cruz branca está aguardando um significado. O rastro de um avião que passou cruzando o horizonte e outro que ainda pode ser visto subindo rumo ao infinito. Os movimentos opostos. Uma metáfora, pensa. E no ponto onde as duas linhas se cruzam vê a união entre o céu e a terra. O quadrado ganhando ângulos até virar um círculo. Vê sua avó morta e sua filha ainda por nascer. Vê seu útero em flores como o cálice sagrado perdido aos olhos do mundo. Vê seu rosto desprovido de qualquer adjetivo que carrega em sua pele por gerações e gerações de olhares patriarcais. Vê o seu corpo como a imaginação perfeita da natureza manifestada em toda a sua graça e fúria. Vê o mundo antes dele e dela. Vê-se, simplesmente, mulher.

AMERICAN DREAM

O soco na cara veio seco. Sem nenhum aviso prévio. Já discutiram antes, mas ele nunca havia batido nela. Vagabunda puta vaca sai daqui sua burra você não serve pra nada, a esse tipo de violência verbal ela já estava acostumada a ponto daquelas palavras perderem o significado ou, o pior, passarem a fazer parte dela. Sentiu o sangue jorrar do nariz. Cambaleou tropeçando no tapete do quarto e caiu. "Cadê a televisão que você disse que comprou com o meu dinheiro? Cadê?", perguntas que ela tinha o direito de fazer. Um chute no estômago provocou-lhe o vômito. "Sua puta, vocês são todas iguais!", mais um chute seguido da porta do quarto batendo. Nora estava ali sozinha. Limpou o vômito da boca e viu o sangue em suas mãos. Levantou-se com alguma dificuldade. Não conseguia respirar direito. Parada em frente ao espelho, finalmente chorou. Não pelo rosto inchado e o nariz quebrado. Não pelo dinheiro que ele sempre pegava emprestado dela – ou que simplesmente roubava – para comprar coisas que nunca se materializaram a não ser na forma da bebida e do pó que ele consumia cada vez mais. Não pelo abuso psicológico e os xingamentos. Chorava ali, em frente ao espelho, porque percebeu que por mais que o amasse não poderia mudá-lo. Chorava porque seus pais já tinham dito isso para ela mais de uma vez: ninguém muda ninguém, as pessoas são o que são. Chorou porque em seu rosto deformado via seu próprio fracasso como mulher. "Talvez se eu tivesse me esforçado um pouco mais?", levantou a blusa e viu o hematoma se formando. Apertou a costela e sentiu uma dor insuportável que quase a fez vomitar uma segunda vez. Chorou porque era o fim de seu casamento de três anos que tinha tudo para dar errado desde o começo. E deu.

Nora voltou para a casa dos pais. A mãe rezava noite e dia para que a filha arrumasse o bom moço para casar novamente e ter filhos. O pai queria dar parte na polícia, mas a filha o convenceu que era melhor não: ela queria esquecer tudo aquilo e seguir a vida. Mas seguir para onde? Era meados da década de oitenta, o Brasil mergulhado em uma inflação galopante levando para cada vez mais longe o sonho de ter um salão de beleza só dela. Enquanto isso, as notícias vindas de sua tia Luiza dos Estados Unidos, onde vivia ilegal há dois anos, eram as melhores possíveis: a antes professora de ensino médio trabalhava lá em diferentes subempregos esnobados pela maioria dos americanos; porém, em dois anos ela estava dominando o idioma razoavelmente bem, morava em uma casa alugada que tinha um pequeno jardim, já tinha conseguido comprar um carro, conseguia mandar todos os meses um pouco de dinheiro para seus pais no Brasil e estava prestes a casar com um português naturalizado americano – o que em breve tornaria sua situação legal e ela poderia até tentar estudar por lá, além de conseguir empregos melhores. Aos 22 anos, sem muita perspectiva, Nora queria uma chance de recomeçar. Não pensava mais no amor, na casa perfeita com o marido que a amasse, os filhos no colo, aquela vida pintada nos comerciais. Também já tinha entendido que contos de fada são somente contos, no mundo real homens são apenas homens: nem príncipes, nem sapos. Queria a chance de ser independente, de se reinventar em um outro lugar distante. Queria ela também um sonho americano: e quem sabe não seria lá que teria o seu salão de beleza? Fazendo as unhas das gringas, cabelos e penteados, comprando sua casa, seu carro, seu sucesso e sua liberdade. Pegou suas economias e matriculou-se em um curso básico de inglês. Desistiu de voltar a estudar para trabalhar dois turnos: no salão de dia e como garçonete em uma pizzaria à noite. Ainda fazia uns bicos no final de semana atendendo algumas clientes em casa. Assim, decidiu juntar tudo que conseguisse de dinheiro para em um ano ir embora para os Estados Unidos morar com sua tia. Estava feliz, genuinamente feliz. Sabia que não seria fácil sua vida no estrangeiro, mas no seu país, na sua terra, também estava difícil. Lá, nesse lá que não é um lugar e sim um arquétipo da esperança na qual às vezes precisamos acreditar para não morrer, havia pelo menos uma perspectiva de mudança de espaço, de trabalho, de língua, de casa, de vida, de pele. Seus pais resolveram ajudá-la financeiramente com o pouco que sobrava. Deram para ela o velho fusca do avô, que ela poderia vender e ficar com o dinheiro. Após pouco mais de um ano de sacrifício da família – e uma ajuda financeira vinda de uma remessa de dinheiro feita pela tia Luiza através de uma agência de viagem – era chegada a hora. Tentou por duas vezes o visto americano, que lhe foi negado. Entre lágrimas e adeus, Nora embarcou para o México para encarar a fronteira com a ajuda de um coiote. Pensava se algum dia veria seus pais novamente. Pensava no deserto que teria de atravessar. "O visto negado...", suspira, foi a opção que sobrou. A tal América parecia não gostar muito de estrangeiros pobres, essa foi a primeira lição que aprendeu. Não, não seria fácil. Nunca é. "Ninguém gosta muito de pobres, nem mesmo os pobres", a aeromoça veio lhe ajudar com o cinto que ela não conseguia fechar.

No lado mexicano do deserto do Arizona, trilhando caminhos clandestinos, Nora e mais cinco brasileiros, três homens e duas mulheres, estavam encolhidos um contra o outro na carroceria de uma caminhonete. O nervosismo superava o frio. Ninguém disse que os tais coiotes estariam armados. Ninguém disse que eles seriam obrigados a passar drogas para o outro lado. Ou talvez alguém tenha dito, mas ela não prestou atenção. O veículo parou de repente. Os dois homens desceram da frente do carro nervosos. Abriram o capô. Discutiram. Do pouco que conseguia entender daquela língua, parecia que um deles deveria ter mandado arrumar algo no carro e não o fez porque tinha gastado o dinheiro em outra coisa. Um tiro no escuro. Seguido de outro. Todos se encolheram ainda mais. Uma das mulheres começou a rezar, só então Nora percebeu a pequena barriga de grávida da moça. Um dos coiotes apareceu fazendo sinal para que descessem do carro. Desceram. O corpo do outro coiote caído em uma poça de sangue. O homem perguntou se alguém do grupo falava bem espanhol. Um dos brasileiros levantou a mão. Mandou traduzir para o resto o que ele ia dizer. "O carro quebrou, não tem como arrumar. Não tem como voltar daqui. Seguiremos a pé, mais ou menos dois dias e meio de caminhada no deserto começando agora", virou as costas já começando a andar. "Mas não temos comida nem água suficiente para isso", um dos brasileiros berrou. O mexicano virou apontando a arma para o grupo mirando de um para outro. Nora sentiu a urina descer pelas pernas. "O que ele está dizendo?", a mulher grávida se desesperou. "Quem chegar na fronteira chegou. Ou algum de vocês já quer ficar por aqui?", traduziu o brasileiro. O coiote encarou um por um e começou a andar. Eles pegaram o que podiam carregar e partiram em silêncio. Cada um do seu jeito, desejando nunca ter deixado sua terra natal.

    Nora acordou nas costas de um dos brasileiros. O que aconteceu?, o homem a colocou no chão. Deu um pouco de água para ela. O grupo seguia um pouco mais à frente.

– Você desmaiou. Eu estou carregando você há mais de seis horas. Queriam te deixar para trás mas...
– Mas?
– Eu não suportaria ver mais alguém morrer. Não era para ser assim.

Nora olhou para o grupo, já um pouco afastado, e percebeu que a mulher grávida não estava lá. Engoliu o choro.
– Agora falta pouco. Estamos quase chegando. Você consegue andar?
– Sim.

Os dois seguiram caminhando, ainda afastados do grupo. São avisados, por fim, que já estavam bem próximos à fronteira. De uma mochila, o coiote tirou os pacotes de cocaína. Com uma fita cinza prendeu a droga ao redor do corpo de cada um. Mediante a fraqueza de Nora, ela foi deixada em paz. O homem explicou que teria alguém esperando por eles do outro lado dando todas as instruções que faltavam. Não houve tempo para despedidas. Seguiram cada qual o seu caminho, o seu sonho. Já em Phoenix, Nora encontrou sua tia Luiza, que a levou até Denver: o início de sua nova história. O lá que se fazia aqui. O pior havia ficado para trás.

Não demorou muito para descobrir que o curso de inglês básico que fizera não lhe serviu para muita coisa. Falavam rápido demais, parecia que comiam as palavras, não tinham paciência para repetir ou falar mais devagar. Todo mundo tinha pressa naquele país, uma pressa congênita: como se o estar ocupado o tempo todo fosse sinônimo de sucesso, de que estavam dando certo na vida. Quase não saía de casa. Tinha dois empregos: à noite como faxineira em um escritório e como assistente de cozinha, entenda-se aqui lavar a louça e preparar alguns sanduíches, em um restaurante durante o dia. Fazia as unhas de uma ou outra gringa que ficou sabendo de seu trabalho, testou e gostou. Cabelo? Nem pensar! Tirando as latinas do bairro que batiam na sua porta pedindo penteados e cortes, nenhum salão havia a aceitado nem mesmo para teste. Há dez meses ela trabalhava trabalhava trabalhava. Pensava se não estava ficando sem tempo como eles. Com a testa franzida como eles. Não queria ficar assim: as pessoas *busy*, como eles diziam, eram sempre egoístas. Tudo girando ao redor do umbigo. Desejava apenas fazer parte do mundo e girar com ele. Alguns amigos brasileiros a tinham convidado para sair em um bar, resolveu então se permitir o tempo e a leveza mais uma vez; coisa de brasileiro com a sabedoria do trabalho duro, mas que também sabe deitar na rede e deixar o dia passar: a sensatez de apreciar o tempo das coisas e não somente impor o seu tempo em tudo e em todos. Entre copos de cerveja e uma conversa animada, o olhar de Nora cruzou-se algumas vezes com o do músico que se apresentava no lugar. Retribuiu primeiro com um sorriso, depois sentiu-se encabulada com as encaradas do moço. Sentiu-se assim porque os olhos azuis dele, a voz grave e o jeito que tocava violão despertaram nela a lembrança da paixão e do amor, de tudo aquilo que ela não queria mais em sua vida porque da última vez o que restou foi sangue, dor e ressentimento. Entristeceu-se por um momento lembrando do rosto inchado na frente do espelho, do nariz e das costelas quebradas por aquele a quem ela havia se entregado, amado e cuidado mais do que a si mesma. "A gente nunca conhece ninguém de fato", pensava com o olhar longe sem perceber que a música acabara e o homem que cantava estava agora na frente dela sorrindo. "Liam", ele disse estendendo a mão para ela, em seguida perguntando seu nome. "Nora". Ele repetiu o nome dela com um sotaque que fez um arrepio percorrer seu corpo. Já tinha ouvido seu nome com aquele sotaque americano várias vezes, porém, dessa vez, aquele nome dito por ele era como se marcasse sua sorte: algo que a devoraria viva, algo do qual ela não poderia escapar. Sente pena dela mesma naquele momento sem saber muito bem o porquê. "Can I sit?", ela não respondeu. Travou. Um dos amigos abriu espaço e Liam sentou-se ao lado dela. "Where are you from, Nora?", respondeu um Brasil quase inaudível. Liam percebeu a timidez e a dificuldade dela com a língua que não dominava. Teve paciência de falar devagar, repetir, teve tempo. Nenhum americano havia tido tempo para ela até então. A tensão do seu corpo aos poucos se desfez, sentiu-se à vontade com ele. Conversaram assim, perdidos em uma Babilônia de verbos, adjetivos e substantivos. Compreenderam-se além das palavras. Ele a levou para casa. Ainda no carro, beijaram-se. O destino se cumpria em uma colisão: a ordem cósmica mantida em um emaranhado de fios sem se importar muito com homens e deuses – ou simplesmente a natureza de um homem, uma mulher, a pele e seus cheiros.

"Daqui uns cem anos quem vai se lembrar da gente?", era esse o tipo de pergunta que Liam fazia para ela. Ninguém, ela pensou. E isso não lhe trazia pânico ou tristeza, apenas algum tipo de conforto. Há vinte dias eles davam um jeito de se encontrar diariamente. Mas, era chegada a hora dele voltar para Phoenix onde tinha um pequeno espaço que lhe servia como âncora, um lugar para ele voltar de vez em quando: já que pertencer, ele pertencia mesmo ao mundo – tinha deixado isso bem claro várias vezes para Nora. "Vem comigo para Phoenix?", ele a beijou e em seguida puxou o lençol com tudo revelando o corpo dela nu. Ela tentou fingir que ficou brava, que estava com frio, mas o riso não demorou a surgir. Ele enrolou seu corpo no dela. "Eu prometo que sempre vou estar ao teu lado para esquentar você, sua brasileira friorenta". Ela sorriu. "E o mundo?". Silêncio. Ele se levantou e começou a andar de um lado para o outro no quarto. Ela sentiu que talvez devesse ter engolido aquela pergunta. A voz de Liam rasgava o quarto numa resposta que era o reflexo de toda a paixão que transbordava dele o tempo todo. "O que temos a perder? Daqui uns cem anos ninguém vai se lembrar da gente. Ninguém", o tom da voz se elevou em uma excitação quase adolescente. "Esse é o nosso combustível, queimando nesse teatro todo, esse jogo de apostas surreal que é a vida quando a gente podia estar simplesmente quietos: amando, ouvindo as flores se abrirem no jardim". Ela se emocionou com as palavras que brotavam dele assim tão simples e fluidas que mesmo ela, que somente há pouco tempo começara a entender os prazeres dos mundos que se criam e destroem através dos poemas que Liam lia para ela sempre com a paciência de explicar, bem, mesmo ela conseguia entender. "Sim, eu vou", respondeu. Dois dias depois ela arrumou as malas e os dois partiram: sem muita certeza, sem nada a perder.

 Nora se sentia bonita, capaz e amada. Não lembrava se já havia se sentido assim algum dia. Seu inglês havia melhorado consideravelmente. Trabalhava como babá na casa de uma família classe média que tinha dois filhos: um menino de quatro anos e uma menina de nove meses. O casal vivia prometendo que a ajudaria a conseguir legalizar sua situação no país. Não acreditava muito neles, como poderiam? Mas, se viesse, seria definitivamente uma surpresa. Sempre que podia ia assistir ao Liam tocar. Quando podia viajava com ele, se bem que ele passou a viajar menos e por períodos mais curtos desde que Nora foi morar com ele. Tudo estava certo. Tudo se encaixava. Tudo era sonho. O mundo que os dois criaram juntos há um ano parecia ter sido esquecido pelo mundo maior: esse mundo dos carros e buzinas e dinheiro e gente estressada e gente infeliz e ter e ter e ter e não respirar. Encontraram paz nesse anonimato. Eram livres, pelo menos pensavam que eram. A notícia da gravidez de Nora veio como uma surpresa feliz. Parecia certo. "Talvez fosse mesmo o tempo de criar alguma raiz", pensou Liam. Talvez.

Corretor de imóveis na empresa de um conhecido, aos três meses de gravidez essa foi a decisão que se configurou mais correta. A música e a poesia ficaram para os finais de semana quando não estava trabalhando. O espírito livre de Liam se aquietara de início diante da barriga de Nora, que crescia assim como o amor à pequena Joana ali dentro: sim, seria pai de uma menina. Chorou de alegria feito menino quando soube disso. Achou que em Nora tinha encontrado um grande amor quando na verdade ali, nas entranhas dela, via cada vez mais tomar forma algo muito maior, um amor capaz de acorrentá--lo para sempre. Não queria pensar nesse verbo "acorrentar", mas o amor tem dessas coisas, às vezes traz à tona sentimentos proporcionalmente opostos em sua magnitude. A rotina, a ausência de poesia, a vida sendo levada de acordo com aquilo que se espera, que parece correto, em vez de ser apenas o reflexo livre do que realmente se sente, carcomiam aos poucos sua essência. Nora grávida era a mulher mais radiante que já conhecera. Linda. Doce. A verdadeira personificação da vida, daquele oceano primordial feminino no qual ele, em algum breve momento, acreditou que poderia passar o resto da vida se afogando: morrendo em seu ventre e renascendo no gozo dela. Na abundância de vida e alegria de sua mulher passou aos poucos a enxergar somente a morte. Um certo ressentimento começou a surgir ao se mudarem para uma casa um pouco maior, enquanto montava o berço da menina ou pintava as paredes do quarto de rosa. Não queria sentir aquilo, porém era mais forte do que ele. Amava sua filha de tal forma que sabia que quando olhasse para ela jamais seria capaz de partir. E se ficasse? Então em algum momento a culparia por aquilo que ele não foi ou deixou de fazer, e isso sim seria imperdoável. Talvez fosse essa diferença entre meninos e homens: a capacidade de sacrificar a própria liberdade. Era um ressentimento que sabia só caber a ele, e que, mesmo assim, por vezes, saía da forma errada, como uma certa frieza que passara a sentir cada vez mais em relação à Nora. Mas não com o bebê, nunca: para a filha ele cantava músicas, contava suas histórias e dava conselhos, acreditando que de alguma forma aquele pedaço dele dentro daquela barriga o escutava e, um dia, talvez o perdoasse.

Nora acordou de sobressalto. Ouviu alguém chamando seu nome. Olhou para o lado, o quarto vazio. Chamou por Liam, que não respondeu. Ainda estava amanhecendo. Muito cedo para ele ter ido para o trabalho, pensou. Chamou mais uma vez. Nada. Resolveu se levantar. A barriga grande do oitavo mês de gestação fazia seus movimentos lentos. Na cozinha, viu o violão de Liam em cima da mesa junto com dois envelopes: um com o nome dela e outro de Joana. Soltou um berro e largou o corpo em cima da cadeira de tal jeito que quase caiu. Chorou. Não precisava abrir a carta para saber o que aquilo significava: Liam havia partido e não voltaria mais. Estava, mais uma vez, sozinha. Segurando a carta ainda fechada nas mãos, entre soluços e chutes da menina que se agitava na barriga, caminhou até o quarto e abriu a porta do armário encontrando a parte dele vazia. O espelho do lado de dentro da porta: ali estava ela diante dele novamente. Desta vez, como uma imigrante ilegal de vinte e cinco anos abandonada pelo pai do bebê que carregava quando estava prestes a dar à luz. Não poderia voltar para o Brasil, não tinha como. Os pais jamais aceitariam a filha mãe solteira. Abortar? Aos oito meses? Entregar aquela menina para adoção? Não. Como poderia?, era um pedaço de Liam dentro dela – e ela o amava. E se ela não tivesse engravidado? Ele não teria se sentido tão preso. Não teria partido. A criança chuta mais uma vez. Cada vez que olhasse para sua filha veria Liam. Nora sente aquele chute como uma facada vinda de dentro. O espelho nunca mente. A cara inchada, as costelas quebradas. O deserto que atravessou. O pior não tinha passado, ele se escondia mesmo é no futuro.

AMOR PROFANO

"Tem uma mancha embaixo do seu seio esquerdo, melhor ver isso no médico", ele disse antes de voltar a mexer no celular. Ela caminha seminua pela casa tentando decidir se toma banho ou simplesmente senta mais um pouco em frente à janela para olhar a árvore lá fora. A árvore lá fora tornara-se uma parte dela há algum tempo, como um novo membro que cresceu em seu corpo carregando uma promessa de felicidade. Senta. "Ela está aí desde que nasci", desvia o olhar do verde conduzindo toda sua energia para ele. O infindável movimento dos dedos dele na tela do celular criam uma pausa insossa. "O que você disse?", a pergunta prova a largura do rio que deveria ser nadado exaustivamente todo dia para que ela o alcançasse. "A mancha embaixo do meu seio é de nascença", a afirmação repetida não causa nenhuma comoção, nem ao menos uma respiração mais profunda dele ou qualquer interjeição convencional. Naquele instante, sente desaparecer toda culpa que guardava dos vibradores que escondia pela casa. Com quem aquele homem, seu marido, transava nos últimos vinte anos? Com uma boneca? Um buraco? O reflexo de sua própria imagem? O rio, tudo na vida termina e começa no rio. Ficar à margem, atravessar, afogar-se, ir contra correnteza ou deixar-se levar até desembocar no mar? A água do mundo é uma só, mas seu corpo sentia sede de algo maior: de um orgasmo que lhe tirasse todos os fluidos do corpo apenas para que ela morresse: para, assim, mais uma vez renascer mulher. Uma nova existência na qual carregaria a mesma marca embaixo do seio – e os lábios dele, um outro homem, um homem sem nome, tocando seu sinal de nascença com a devoção e entrega que se tem diante do sagrado.

"Mulheres são seres de ciclos", a água do chuveiro está quente deixando sua pele rosada. Uma lembrança de como seu corpo já havia sido tocado certa vez ou, o mais provável, uma memória inventada de como gostaria de ter sido tocada por um homem. Julgava a vida mundana para os homens. Afinal, a eles era possível se espalharem como sementes sempre que quisessem, diferente das mulheres, "a nós resta apenas um dia no mês; a vida é sagrada para um corpo feminino". Sente um fluxo de energia percorrer seu corpo, seu ventre levemente mais quente que o usual, a pele sempre ganha mais viço e frescor – há tempos aprendera a decifrar seus códigos de fêmea – e, assim, ela sabe que em breve seu suco se tornaria mais espesso; aquela sensação de estar sempre molhada, até que finalmente um óvulo explodiria com a esperança de uma nova vida. Sim, ela podia sentir tudo isso acontecendo dentro dela, como se por um momento ela não fosse apenas parte da vida, mas a vida em si. "É justamente disso que vou sentir mais falta quando eu ficar velha, em breve...", termina o banho. No espelho, vê no reflexo o quanto seu corpo já mudara. Tem só quarenta e cinco anos, sente-se jovem ainda, mas logo tudo isso acabaria: ela se tornaria a bruxa, a velha anciã, um elemento esquecido da natureza cuja beleza reside na experiência e não mais nas curvas do corpo. "O que devo fazer com o desejo?", essa pergunta a assombra com uma frequência violenta. Não consegue suportar a ideia de que a única resposta seja a sublimação. Só de pensar no verbo sublimar sente calafrios percorrerem seu corpo como o vento gelado que anuncia uma morte esperada.

Está prestes a andar nua pela casa novamente, porém a mancha de nascença abaixo do seio a impede de querer dividir sua pele com o olhar do marido, cada vez mais um estranho, confundindo-se com os objetos da casa. Apesar da repulsa que aquela massa corpulenta de pelos e músculos deitada no sofá lhe causava, sentia falta de estar com um homem. Não qualquer homem, mas com aqueles raros que realmente gostam das mulheres e que não as veem apenas como um meio de conseguir um orgasmo. Queria ser amada, desejada, fodida, tudo ao mesmo tempo, porque isso sim era algo que ela jamais havia experimentado. Ou pelo menos era uma sensação de que havia se esquecido depois de tantos anos de solidão em um casamento em que o desejo e o toque duraram menos do que um breve momento de felicidade esmagado embaixo de um céu de concreto cinza.

A rua lá embaixo. O fluxo dos carros correndo como sangue em meio a gotas de chuva na janela. O topo das árvores já começando a amarelar trazendo alguma luz a um fim de tarde plúmbeo. Era sempre no outono, quando as plantas estavam morrendo, que ela sentia algum tipo de paz: não por causa da iminência da morte, mas porque o amarelo lhe mostrava mais uma vez a beleza da impermanência. "Todo mundo parece saber aonde está indo", olha fixamente para seus sapatos pensando em tirá-los, são primaveris demais para o casaco pesado que está vestindo. Não sabe ao certo por que havia se arrumado para sair logo após o banho. Está frio. Um frio úmido que parece grudar nos ossos. Não tem aonde ir, não havia planejado nada a não ser jantar qualquer coisa em casa, ler um livro e dormir. Mas, ali está ela, maquiada e tentando decidir por sapatos. "Um pedaço de madeira flutuando na água barrenta de uma enchente", sente-se à deriva. Ficar à margem? Atravessar? Afogar-se? Deixar-se levar... Sentiria falta das suculentas na janela que sobreviveram a ela com bravura nos últimos anos. Ela, a menina que sempre matava as plantas pelo excesso de água, que dava comida demais aos peixes e chorava no dia seguinte ao encontra-los boiando no aquário. Em que tipo de mulher aquela menina me transformou? Um fantasma no espelho. Olha para o velho All Star jogado no armário, de um desbotado que já foi preto um dia. Decisão tomada.

Agora que sente o final de algo se aproximando, tenta lembrar do começo, da infância das coisas, quando tudo ainda era leve porque o fim não existia nem como ideia ou pressentimento, quando cada gesto era um impulso kamikaze de amor, gozo e vida.

"*Essa história começa com uma jovem que não pertencia à eternidade*",

Sim, poderia começar assim, faz e desfaz o coque no cabelo que realça ainda mais as mechas brancas bem na frente da cabeça, que ela resolveu assumir há algum tempo numa tentativa de parar de mentir para si mesma que estava tudo bem quando na verdade não estava. Está perdendo a famosa batalha de envelhecer com leveza: seu corpo clamava por vida, umidade, as ondas fortes de um mar revolto, uma ansiedade de não ter mais todo o tempo do mundo; todavia, sua mente insistia em refletir em seu olhar a insegurança dos contornos de sua pele que já se tornava embaçada junto com seus seios caídos. "Duas coisas fora do tom: uma jovem que não pertence à eternidade e uma velha com pressa para chegar a algum lugar", solta o cabelo e decide pelo naturalmente desgrenhado. O que se perdeu no primeiro caso? Existe mesmo algum lugar no segundo? Duelava com a imbecilidade que intuía transbordar da eternidade que quase sempre se confunde com um esforço sobre-humano de se manter o *status quo*, ir contra o movimento do universo. Também não compreendia muito bem o que era o espaço, "será que um dia encontrarei o meu lugar no mundo?", e lá está ela mais uma vez confundindo lugares com pessoas, com o calor de um outro corpo, o paradoxo de ter e não possuir. História errada. "Uma personagem inverossímil", diriam os críticos, "fraca, tentando ser mais inteligente do que é." Esgota-se. Respira. Mais uma vez.

"Essa história começa com uma mulher que esqueceu a chave da casa dentro da casa",

a chave dentro e ela fora. A chave perde a sua função, é fato. Aconteceu há algumas semanas. Ficou sentada na calçada, no frio, até que seu marido voltasse pra casa. Pensa no significado, em Jung, nas metáforas, em Gertrude Stein lhe sussurrando no ouvido: uma chave é só uma chave é só uma chave. Correr? Fugir? Parar? Afogar-se? A porta. Quantas vezes olhou para a porta pensando em sair por ela para não mais voltar, para se perder no mundo. A porta era a resposta. A chave era só uma chave mesmo. "De certa forma, os duelos permanentes da vida parecem ser definidos por dois estados: dentro e fora", foi isso que seu amigo Neil lhe disse quando lhe contou que havia se trancado para fora da casa. Achou profundo, e ele completou dizendo que isso era algo que ele observara trabalhando na pós-produção de som de filmes, segundo ele "os momentos mais importantes pareciam acontecer quando alguém passava por uma porta".

Dentro ou fora? Alguém realmente se importa com esse tipo de coisa? Tenta não pensar, não querer, não existir, mas não tem como parar: sua vida acontecia, estava acontecendo, naquele momento, enquanto cruza a porta do quarto em direção a sala. "Vai sair?", o homem no sofá pergunta, agora só um estranho para ela. Silêncio. Silêncio. Silêncio. Sempre se sentiu incapaz de qualquer tipo de adoração, seja ela amorosa, política, religiosa, científica e por aí vai. Nunca conseguiu seguir cegamente nenhum tipo de filosofia ou pertencer a qualquer grupo. Nunca teve, ou desejou ter, um "amor da sua vida" por considerar essa ideia uma armadilha: cruzar com amores grandes e generosos foi o suficiente para ela. Aquele homem no sofá havia sido um grande amor; muito embora há tempos não se lembrasse de como era amá-lo. Sua natureza pagã pulsa mais uma vez fazendo-a sentir novamente o que é ser livre, aberta e mutável: está em paz com tudo o que foi – e não foi – entre eles. "Você está dentro ou fora?", pergunta para o homem do sofá que olha para ela sem saber se há uma resposta. Mais carros na rua lá embaixo. Buzinas. A chuva contra o vidro. Alguém fechando uma janela. A pausa agora é carregada de um excesso de peso e significado, como móveis e toda sorte de quinquilharias que se acumulam em uma casa habitada por duas pessoas depois de muitos anos. Os olhos marejados dele. Caminha em direção à porta da frente. Cansada de tudo o que habita as entrelinhas das palavras não ditas, ela o encara uma última vez.

"Você entende agora que o silêncio pode ser tudo menos uma resposta?", abre a porta. Ele dentro. Ela fora.

AMOR SACRO

Gozaram juntos. Ele em cima dela e ela com as pernas abertas sem oferecer nenhuma resistência, deliberadamente aceitando o pulsar dele às vezes suave e em outras com uma violência que parecia querer matá-la em vez de amá-la. Amá-la? Não, ele não a amava, sabia disso. Dividiam intimidades como a foto do esquilo morto que o cachorro dele havia matado no quintal certa vez – e que ele fez questão de mostrar para ela mesmo ela insistindo que não. "É a vida, honey", disse jogando o celular para o lado e começando a beijar seus seios, "em toda sua natureza e brutalidade; foi um dia feliz para o cachorro", mas não para o esquilo, ela murmurou enquanto ele a virava de bruços pensando talvez nele, naquele momento, como um animal, como o cachorro com a presa banhada em sangue na boca, sacudindo o rabo e feliz. O que fazia dela, naquela situação, a carne estraçalhada do animal sem sorte.

Mas, agora há pouco, como já foi dito, gozaram juntos como já haviam gozado tantas vezes, porém algo novo aconteceu: ele olhou nos olhos dela segundos antes de explodirem juntos e a chamou pelo nome. Ele chamou por ela. Seu nome. Mais de uma vez dito por ele assim, e com tamanha força que algo dentro dela se contorceu e rosnou e rasgou e se iluminou, tudo ao mesmo tempo. Foi como se seu corpo despertasse para algo além dessa Terra, dos deuses e semideuses, e toda essa mitologia que em vão tenta se recriar através dos séculos no esforço de capturar alguma parte do que é a entrega entre um homem e uma mulher que culmina com seus corpos nus e uma pequena morte. "O amor é aquele pequeno corte no dedo, que não cicatriza porque por alguma razão – que na verdade escapa à razão – você fica cortando a carne vez após vez no mesmo lugar", isso é daquele livro daquele poeta bêbado que ele lhe dera para ler certa vez. Será? Aquele que dizia que o amor era tudo aquilo que diziam que não era. Ela gostou do livro, pensou naquele escritor bêbado como um homem que realmente sabia amar uma mulher. Não, não está certo, "o amor é uma barata e um gato esmagado na rua", era a esse tipo de coisa que o poeta bêbado comparava o amor. Um gato esmagado na rua a fez lembrar novamente do esquilo ensanguentado na boca do cachorro. "O amor é aquele pequeno corte no dedo...", isso era ela, não pertencia ao poeta, era ela. Não lembrava o nome do escritor nem do livro, mas sabia que aquilo não vinha dele. Mas quem era ela para filosofar sobre o amor quando do verbo só conhecia a arte? Ele insistia que ela lesse mais, que ela poderia aprender muito por conta própria. Talvez, de alguma forma, ele sentisse vergonha dela por ela não ter ido além do segundo grau na escola. Não teve muito escolha, engravidara de uma transa qualquer e os pais mandaram que ela se virasse. Começou a trabalhar em uma loja de shopping. Não aguentou o tranco sozinha; e quando o menino tinha dois anos deu a criança para seus tios que o levaram para outra cidade em outro estado, quase uma outra vida. Quase é também a medida que ela usa para descrever sua comunicação com o filho. Um eufemismo, é claro, aquela mania do ser humano de querer mascarar o lado sombrio e feio da vida com a imprecisão, tornando assim a sua própria história, que se confunde com a história do mundo, mais palatável. Suspira. Queria ter sido advogada, mas acabou virando puta: e não tinha problema nenhum com isso. A vida é assim mesmo, uma péssima leitora de sonhos.

Ele sai de cima dela. Enrola-se no lençol deixando-a nua na cama. Ela sorri porque sabe que ele faz isso de propósito para poder vê-la ali, como uma pintura, "um Ticiano", com sua pele branca se misturando com o sobrelençol. Sim, ele havia confessado isso a ela certa vez. O corpo dele havia mudado, na cabeça os cabelos brancos começavam a ganhar a guerra. O vigor não mudara, nem o desejo dele por ela. Seus corpos continuavam se misturando em posições diferentes, vontades que eram faladas em alto e bom tom, sem vergonha alguma. O som da urina dele tocando o vaso sanitário. Lembra-se de quando ele contou que seu pai, um médico ginecologista, daqueles nascidos no final da Segunda Guerra Mundial com uma história de família que fugiu da Europa destruída para tentar a sorte no Brasil, instruiu-lhe sobre o sexo com apenas duas regras claras: nunca pratique cunilíngua em nenhuma mulher para evitar DSTs na boca e garganta e sempre urine depois do ato para diminuir as chances de uma infecção urinária. Restou a ele a prática da segunda regra porque a primeira ele não seguiu desde o começo. Sente uma pontada de pena da mãe dele que nunca teve um orgasmo vindo de uma buceta bem chupada. Ou talvez sim, quem vai dizer se o pai dele foi realmente o primeiro homem dela? Ou se ela não pulou a cerca? Esperava que sim, esperava que a mãe dele tivesse um segundo homem às escondidas, um que não impusesse regras estoicas ao sexo.

Ele sai do banheiro. "Queria poder dormir um pouco aqui com você, mas não faz parte do contrato", pega a calça que está jogada no chão e começa a vesti-la lentamente. Ela observa os movimentos dele, os braços fortes, o pênis ainda um pouco duro por trás da cueca. Também gostaria que ele dormisse ali com ela, nos braços dela, mas de que adiantaria ela dizer isso? Silêncio. Não estava no contrato, como ele já havia colocado. "O amor é um cavalo com uma pata quebrada...", um cavalo com uma pata quebrada é um cavalo morto. O poeta bêbado sabia disso. Na verdade, ela pensava no amor como algo simples, tranquilo e bonito, assim como um jardim e toda vida nele contida em uma manhã de verão enquanto todos ainda estão dormindo. "Eu amo você e quero estar com você", era tudo que deveria ser dito e a partir daí um caminhar juntos começaria, sem pertencer um ao outro, sem possuir, mas com a escolha da entrega afirmada sem dúvidas ou medo. Mas, quando o primeiro ser humano acorda, o jardim já não é mais o jardim, a fina harmonia da natureza se desfaz em palavras que contradizem gestos que são o avesso do que significam – tudo se torna nebuloso e denso, não como a matéria putrefata consumida pelos fungos, mas como uma semente que morre dentro da terra sem tocar a luz. Ainda assim, com toda essa confusão causada pelos demônios humanos, ela acreditava ser possível viver um amor completo, tranquilo. Sentia-se capaz e apta para esse amor. Um amor que a cada penetração iria resgatá-la do abismo dela mesma apenas para que seu corpo fosse devorado pelo buraco negro do outro e, quem sabe, dessa união uma supernova nascesse e a Terra fosse salva da sua condição de desespero diante da irrevogável face da morte.

Ele está arrumando o cabelo agora. Em seguida irá para a gravata e depois se despedirá dela sem nenhum contato físico, como se seus corpos fossem estranhos. Já perdera a conta de quantas vezes tinha vivenciado aquilo, mas hoje tinha sido diferente: foi assim que tudo isso começou, ele a chamara pelo nome antes de gozar e jogar seu corpo sobre o dela. Ela que esteve ao lado dele durante os últimos anos de seu primeiro casamento. Acompanhou a separação e os primeiros encontros dele com a atual esposa através das narrativas detalhadas do que comiam, filmes que viam, "o quanto ela era talentosa ao lidar com cores" e coisas do tipo. Viu esse casamento esfriar e a amante aparecer, uma amiga dos tempos de faculdade que também não estava feliz no casamento. Não sentia raiva dele. Não sentia raiva de ninguém. Não. Compreendia a solidão dele, a dificuldade de homens e mulheres em abrir-se e aprofundar-se cada vez mais para o desejo diante de tanta intimidade e contas a pagar e dores de barriga e filhos e corpos que mudam e desejos que mudam e vontades e arrotos e silêncios e mais mudança e... Durante todos esses anos, porém, ela não mudara. Permanecia ali, atenta aos desejos dele. Ouvindo. Servindo seu corpo, sua boca, ouvidos, olhos, buceta, fluidos, ideias, risadas, gozo para ele em uma bandeja de prata. O dinheiro passara a ser um detalhe há muito tempo. Não queria mais ser um segredo, o segredo dele. O nome dela, naquele momento entendeu que o amava como homem. Que não poderia mais estar ali naquela cama para ele. "Tchau", ele termina de ajeitar a gravata em frente ao espelho, "até semana que vem". Ela não responde.

CLEMENTINE & THEODORE[1]

É um dia frio e cinza, daqueles capazes de deixar a cidade que já é grande ainda maior. Uma garota de cabelos laranja caminha em meio a uma multidão de pessoas encasacadas que não se olham a não ser naqueles breves momentos nos quais um código de olhar rápido se faz necessário para que elas não trombem umas nas outras. O laranja do cabelo da garota quebra o silêncio do mundo, acha o seu espaço entre a sinfonia de buzinas, motores e conversas altas em celulares. O silêncio do mundo é cheio de sons, cheio de excessos. É tudo, menos vazio. Diz tudo, mas não comunica. A garota do cabelo laranja, vestindo um casaco de frio azul, fuma um cigarro em frente a um restaurante enquanto observa o caminhar do mundo que não para, desejando que a Terra não mais girasse, mas que se quedasse em suspensão por um minuto, calma, como dois amantes que após o gozo dormem abraçados segurando o sol para que o dia não amanheça separando seus corpos novamente.

Dentro do restaurante vietnamita, logo na vitrine da entrada, está sentado Theodore, que mexe em seu smartphone sem se preocupar com as pessoas ao redor, com o arrastar das cadeiras, o tilintar dos talheres ou ainda com o som das conversas que soam como um enxame de abelhas. Uma velha rabugenta prageja alguma coisa sobre a comida que poderia estar mais quente, um menino com um avião de brinquedo

---

[1] **Clementine Kruczynski** foi interpretada por Kate Winslet em *Brilho Eterno de Uma Mente Sem Lembranças* (*Eternal Sunshine Of The Spotless Mind*), filme escrito por Charlie Kaufman, Michel Gondry e Pierre Bismuth, dirigido por Michel Gondry em 2004. **Theodore** foi interpretado por Joaquin Phoenix em *Ela* (*Her*), filme escrito e dirigido por Spike Jonze em 2013.

vermelho nas mãos passa correndo por entre as mesas querendo voar, uma garota de cabelos laranja entra no restaurante esfregando uma mão na outra tentando esquentá-las enquanto cumprimenta com um sorriso o funcionário do caixa, que, por sua vez, faz algum comentário sobre o frio fora de época. Theodore permanece parado; não fosse pelo movimento dos dedos no celular poderia ser confundido com um morto. "Talvez eu esteja mesmo morto, apenas não sei ainda", pensa com frequência, pensa exatamente isso agora ao sentir seu coração doer enquanto bate. "Quem me dera fosse um infarto, mas é só solidão...", não consegue completar esse pensamento. É interrompido por uma voz feminina.

– Posso me sentar aqui? É que não tem outro lugar vago – e senta.

Theodore levanta a cabeça e a encara sem conseguir esconder a surpresa com a cor do cabelo da garota.

– Agente Laranja – ela diz.

– O quê? – responde Theodore confuso.

– A cor do meu cabelo, é Agente Laranja – sorri. – Então, posso me sentar aqui?

– Você já está sentada... – Theodore com um sorriso no rosto que é um reflexo de timidez e nervosismo.

– Entendi, você quer ficar sozinho. É um daqueles caras que não gosta de contato humano – levanta.

– Não, me desculpe... – após uma breve pausa. – É que eu não sou muito bom nisso. Pode ficar – e volta a mexer no smartphone.

A garota de cabelo laranja começa a comer em silêncio enquanto observa Theodore ser absorvido por seu smartphone. Algumas pessoas passam por ela e a cumprimentam de longe. Ela retribui. Theodore permanece parado, apenas as mãos se movem do celular para o copo de suco de laranja e algumas vezes para arrumar os óculos de grau que pendem para a ponta do nariz. A garota começa a fazer barulho ao comer o lámen da tigela. Exagera no barulho de propósito até que Theodore olhe para ela.

– Me desculpe – diz ela levando o guardanapo até a boca.

– Herança do tempo que passei no Japão. Fazer barulho ao comer é uma demonstração de que a comida está saborosa por lá.

Theodore sorri e menciona voltar para o smartphone quando a garota o interrompe mais uma vez:

– Clementine – ela estende a mão.

– Theodore – hesitando em pegar na mão dela.

– Eu lavei a mão antes de comer – ri.

Theodore aperta a mão dela constrangido. Ele começa a querer falar alguma coisa, mas um carro para no sinaleiro em frente ao restaurante com o som no último roubando a atenção de sua voz. *Country Honk* do Rolling Stones toca abafado. Os dois ficam observando o carro através da vitrine do restaurante. O sinal abre e a música vai ficando cada vez mais longe. Clementine fecha os olhos e continua cantarolando os versos seguintes da música.

– Adoro essa música, esse álbum – abre os olhos enquanto fala.

– Rolling Stones? – ele pergunta.

– Let it bleed.

– Hum... não conheço.

– É claro que não. Você tem cara de quem gosta dos Beatles.

– Gosto – intrigado. – Mas você diz isso baseado em quê?

– Sei lá, intuição eu acho... e garanto que o Álbum Branco deve ser seu preferido.

Theodore faz que sim com a cabeça. Clementine se distrai com o menino que ainda brinca com seu avião vermelho por entre as mesas. O menino para e elogia a cor do cabelo dela. Ela agradece e elogia o avião. Theodore apenas observa os dois, gostaria de ser bom nessa coisa de interagir com os outros. Admira a desenvoltura de Clementine com o espaço por um momento. Olha para o relógio, está atrasado para voltar ao trabalho, mas decide ficar mais alguns minutos.

– Sexy Sadie what have you done. You made a fool of everyone. – ela dramatiza o próximo verso – You made a fool of everyone... Vontade de ouvir essa música agora. É do álbum branco, não?

– Sim. Acho que agora vou ter que baixar essa quando chegar em casa.

– Você – ela dá uma pausa maior que normal – baixar essa música?

– O que foi?

– Achei que essa fosse daquelas que você teria no HD do seu computador fácil.

– Eu não gravo mais coisas no HD – pausa, se olham. – O HD do meu computador está praticamente vazio pra dizer a verdade.

– Por quê?

– Depois de uma certa idade a gente tem que viver de acordo com alguma filosofia de vida.

– Tipo?

– Faça ou não faça, mas não deixe pra depois.

– Faz sentido – ela respira fundo. – Eu adoro números ímpares.

– Isso não é uma filosofia – Theodore ri.

– Eu sei, mas eu acho que diz tanto a meu respeito.
– Cantar *Sexy Sadie* diz mais...
– Diz mais o quê?
– De todas as músicas do álbum branco você cantarolou *Sexy Sadie*.
– *Don't treat me like a Goddess. I'm only a girl singing a song in front of a guy she barely knows.*

Clementine olha para Theodore. Os dois se encaram por um instante, cada um no seu silêncio, mas se reconhecem. Se pudessem se amariam ali, naquele momento, mas seria um erro e sabiam disso. Não naquele momento, não movidos pela solidão ampliada de um dia cinza que apaga a primavera que já deveria ter chegado. E quando esse pensamento termina de percorrer seus corações eles enfim sorriem, um sorriso de cumplicidade. Aquele tipo de cumplicidade que vem quando a gente se deixa desnudar por um segundo para que a verdade do momento venha à tona sem medo, sem palavras, apenas através do olhar e de um certo relaxar da musculatura do corpo que sente que não precisa se defender de nada por um instante. Theodore se levanta, está atrasado para o trabalho. Clementine aproveita para sair junto com ele. Na frente do restaurante os dois se despedem com a promessa de se encontrarem por aí. Enquanto Theodore se afasta, Clementine acende um cigarro. O vento corta a pele. O céu que era cinza agora está chumbo. Algumas luzes de postes começam a acender anunciando a chuva, tomando o dia pela noite. Começa uma correria de carros e pessoas tentando chegar sabe-se lá onde antes dos primeiros pingos. A garota de cabelo laranja permanece parada; entre uma tragada e outra um primeiro pingo de chuva toca seu rosto. *Just a smile would lighten everything*, joga o cigarro no chão, pisa em cima dele e em seguida se perde no meio dos guarda-chuvas, dos casacos, dos olhares em código, para enfim se dissolver em cinza.

DIÁLOGOS DA CHUVA

Já havia perdido a noção de tempo. Mas, se no auge da exaustão física que sente ainda pudesse contar os dias e as noites, ficaria surpreso em descobrir que só se passaram doze dias. "Faz sentido", pensaria, quase todo programa de reabilitação de alguma coisa contém um guia básico de doze passos. São doze meses e doze signos do zodíaco. Os doze apóstolos e as doze tribos de Israel. As doze virtudes de ouro chinesas. No tarô, o número doze representa a carta do sacrifício. Sem esquecer, é claro, os doze trabalhos de Hércules. Ele percorreria mentalmente todo o caminho do doze cabalístico para no final, quando se lembrasse de Hércules e sua última tarefa no submundo de Hades, culpar os gregos pelo seu infortúnio: afinal foram eles e a lenda de Lethe que o fizeram estar ali agora – com fome, sede, cruzando com mortos, cansado e com aquele maldito coração partido ainda batendo forte em seu peito. É assim que a cabeça dele funciona: entre a razão extrema e a culpa (ora sua e ora dos outros). "Antes parasse de bater de vez", pelo menos já está no lugar certo embora ainda vivo. A barca de Caronte fica há dias dali e ele tinha perdido a moeda que usaria para pagar seu retorno. Definitivamente, voltar não é uma opção válida. Berra. Pragueja contra todos os deuses que consegue lembrar e contra sua própria sorte. Pragueja mais do que tudo contra ela, usando todos os adjetivos feios e descrições pesadas que consegue lembrar. Um corvo pousa perto dele atraído pela bile destilada. Dá uma bicada em sua pele na altura do fígado e recebe um safanão. "Ave desgraçada! Não me venha com jamais e nunca mais", o corvo se afasta atordoado. De repente, se levanta. Com o corpo magro e maltratado, o suor escorrendo no rosto, ele começa a se mover mais uma vez. "Não vou morrer sem antes apagar o nome dela da minha memória", e é assim que tira sua energia para continuar: desse amor fantasiado de ódio e mágoa. Caminha mais algum tempo até avistar uma caverna com um rio que a contorna. "A caverna de Hypnos, é Lethe", reúne todas as força que ainda tem e corre em direção ao rio. A alegria, é claro, dura pouco. Um grupo enorme de almas obrigadas a beber do rio para esquecer da vida terrena o fazem ocupar o último lugar na fila. "Quem pensa que a burocracia acaba depois da morte não sabe nada", algumas horas depois está ali, sozinho, diante do rio. Respira fundo. Fecha os olhos pronunciando o nome dela uma última vez. Abaixa-se com as mãos em forma de concha pegando o máximo de água que consegue. Um trovão alto se faz ouvir do além. "Mas eu já estou no além, porra!", então pensa naquele trovão como uma alegoria do inferno. Volta sua atenção para as mãos em concha e, enquanto leva a água até sua boca, uma gota de chuva cai, seguida de outra e mais uma. Chove. Firme em seu propósito ele continua, porém, quando está prestes a dar um primeiro gole, uma voz faz com que pare.

– Não beba! Não agora. Está chovendo. Se a minha água se misturar a uma única gota de chuva não vai funcionar.

– Quem está falando comigo?

– O rio.

– Rios não podem falar.

– Nem existe realmente um rio do qual você pode beber para esquecer de tudo. Ainda assim, aqui estamos – ironiza o rio.

– Eu passei literalmente pelo inferno para chegar até aqui – finalmente abre as mãos deixando a água escorrer para o chão de uma só vez.

— Bom, você poderia ter tomado um Prozac ou algo do tipo.
— Ah, isso teria sido TÃO mais fácil... Mas, daí nós não teríamos uma história. Além do mais, eu fui criado como católico, então eu acredito que tenho que sofrer muito antes de ganhar as portas do céu.

Senta-se na beira do rio. A chuva aumenta. Um corvo pousa ao lado dele novamente. Outro safanão. O corvo sai rolando e em seguida voa para longe.

— Não existe essa bobagem de céu e inferno – o rio quebra o silêncio.
— Mas você é real... não é? – pergunta hesitante com medo da resposta negativa.
— Não sei... E você, é real?
— Claro que sou! – esbraveja se levantando para em seguida começar o monólogo. – Eu tenho uma mãe, um pai, duas irmãs, um sobrinho, um cachorro, dois gatos, uma casa, um jardim, um trabalho, conta no banco, uma carteira, cartão de crédito (Visa e Master), duas TVs, amigos, um computador, tv a cabo, um carro, duas bicicletas, internet, Facebook Twitter Instagram Tinder Linkedin, e-mail, selfies, CPF, RG, certidão de nascimento, dois talões de cheque no criado-mudo ao lado da cama, três Rolex, dois óculos de sol, uma cama, geladeira, fogão, mais amigos, dois celulares, micro-ondas, máquina de lavar roupa, secadora, ferro de passar, chuveiro a gás, vinte e três pares de meia, dezessete cuecas, sete ternos, cinco gravatas, quinze pares de sapato, três tênis, dois chinelos, camisas, camisetas, cintos, dois pentes de cabelo, escova de dente, cento e cinquenta e três DVDs, livros, minha coleção de carrinhos

de matchbox em uma cristaleira que foi da minha avó, sete tios, treze primos, um diploma, um MBA, cinco medalhas de ouro em torneios de caratê, médicos, exames de sangue, ecografias, ressonâncias, receitas de remédios, mais amigos, lembranças, um nome, um sobrenome, olhos, boca, ouvidos, pernas, braços, pés, estômago, fome, sede, ossos, nervos, cérebro, um pau, ideias, vontades, desejos, vergonhas, tristezas, um reflexo no espelho, um coração – interrompe abruptamente o ritmo asfixiante que havia entrado para em seguida completar – um coração partido.

Ele se ajoelha exausto. Olha para o rio. Observa seu próprio reflexo distorcido na água pelas gotas de chuva.

– Eu imagino que esse mutismo significa que agora você acredita que um rio pode falar, acertei?
– Se for o que eu preciso para beber de você e esquecer de tudo isso então: sim.
– Me fale dela, essa que partiu seu coração.
– Ela é, foi, o amor da minha vida.
– É mais fácil existir céu e inferno do que o "amor de uma vida".
– Depois dela não houve ou haverá nada melhor, ou tão bom quanto.
– Parece uma prisão.
– Nela eu encontrei meu lar.
– Só se pode encontrar um lar em você mesmo. Ninguém merece carregar o fardo de ser o lar de outrem.
– Era como um só coração batendo em dois corpos.
– Essa idealização de um amor da sua vida me parece mais uma tentativa humana desvairada de se perder no outro apenas para fugir de si mesmo.

– Então, ela me deixou. Apaixonou-se por outra pessoa assim, de repente.
– Não é à toa que ela te deixou, eu também o teria deixado.
– Ei!, eu achei que você estivesse aqui pra me ajudar, não para me julgar.

Levanta bruscamente se afastando do rio. A chuva diminui, mas ele nem percebe. Chora. Um choro triste e sufocado. Um choro pra dentro. Um choro de quem já perdeu o sentido. O rio pigarreia tentando chamar a atenção do homem, não adianta. Assim, resolve falar mais uma vez já que a chuva está prestes a parar e ao longe um novo grupo de almas já pode ser visto se aproximando.

– O amor é uma deliciosa dor interpretada por dois palhaços em um ato cômico com apenas uma fala, uma piada sem graça e um enigma a ser decifrado – profetiza o rio soltando um longo suspiro no final.

O homem volta sua atenção para o rio novamente. Limpa as lágrimas do rosto e empolgado caminha em passos rápidos até a margem. "Então você também já amou?", pergunta com uma espécie de esperança pueril de que ele e o rio pudessem enfim compartilhar algum segredo que faria com que se sentisse menos só; ou talvez compreendido.

– Não – responde o rio – apenas uma definição elaborada por mera observação. Eu não queria te desapontar de novo, mas eu sou um rio: não posso amar. Assim como não posso sentir qualquer sentimento humano. Eu apenas sou, logo, existo. E se penso, daí já não tenho certeza. Mas, assim como você, todos que chegaram até aqui ainda vivos tinham o mesmo propósito: esquecer o tal amor da sua vida.

— E eles conseguiram? Encontraram a paz novamente?

— Isso é relativo, porque se esqueceram também de todo o resto, incluindo de quem eram. Vagueiam no mundo dos vivos feito fantasmas sem sentir dor. É isso que você quer?

— Esqueceram de tudo? Tudo mesmo?

— Sim. Na verdade, eu vejo você, assim como vi todos outros que de mim acabaram bebendo, em um momento revolucionário: um momento em que todas as possibilidades são exequíveis, até mesmo conhecer-se melhor.

— Eu estou sofrendo feito um diabo! Cheio de raiva e sentimentos ruins dentro de mim. Eu achei que era o amor, o entregar-se para o outro, que deveria me dar isto, essa grande visão de quem eu sou. É disso que os poetas falam, não é?

— O que você faz com um amor que falha ou simplesmente acaba: nada pode lhe ensinar mais sobre você do que isso. O resto é ilusão.

— O que você quer dizer?

— Que você não deve precisar das coisas que ama.

O homem olha para o céu. Coloca as palmas das mãos para cima e sente a pele seca.

— A chuva parou — constata o homem.
— Sim. Você tem uma decisão a tomar.

Silêncio. Ele se ajoelha mais uma vez diante do rio. Vai tocar a água com as mãos, contudo para diante do reflexo de seu rosto: agora liso dentro do rio que mais parece um espelho. Toca sua imagem fazendo a água tremular desfazendo suas feições. Observa a água lentamente parar e seu rosto tomar forma mais uma vez. Sorri. Levanta. Vai embora tentando desviar do novo grupo de almas desencarnadas que estão chegando ali. Acaba trombando na alma de uma mulher, que deixa cair uma moeda de ouro de baixo da língua. Ele pega a moeda do chão. Vai devolvê-la, mas a alma da mulher já está bebendo da água de Lethe como se sofresse de uma sede sem fim. A moeda para pagar Caronte, pensa. Sim, sua sorte havia mudado.

EL DORADO

El Dorado, sussurrou em seu ouvido enquanto escrevia a palavra *prazer* com as pontas dos dedos e tinta dourada nas suas costas. Acordou suada. Os lábios entre suas pernas molhados. Olhou para seu marido dormindo. Não, não foi ele. Não seria possível, o sexo entre os dois já havia caído há tempos naquela rotina triste de uma vez por mês – às vezes nem isso. A mulher do sonho, a que escrevia em suas costas, Maria era seu nome. Uma stripper mexicana com a qual teve um longo caso aos vinte e dois anos quando morou nos Estados Unidos. O que havia ressuscitado Maria em sua memória depois de tanto tempo? Talvez o fato de que aos quarenta e sete anos – casada e com dois filhos – ela tenha sentido na noite passada, em uma festa na casa de amigos, um certo torpor juvenil quando uma atriz muito bonita, na faixa dos trinta anos, tocou em seu braço enquanto flertava com ela. Respondeu ao flerte porque a forma como aquela mulher a tocava fazia com que ela se sentisse relaxada em seu corpo. Uma sensação que nunca fora capaz de sentir diante do olhar masculino, através do qual sempre se sentiu diminuída de alguma forma: muito magra quando adolescente, peitos pequenos como dois ovos fritos, pele feia com manchas e sardas, pernas de saracura, muito inteligente e, mais tarde, depois de abusar dos anticoncepcionais e engordar um tanto, era simplesmente gorda. Então, veio a maternidade e daí sim não lhe sobrou nada a não ser uma certa regra – nunca dita, porém sempre impressa no ar poluído que respiramos – de 'aceitar o seu lugar na sociedade'. Que lugar seria esse?, se perguntava toda vez que via seu marido tentando disfarçar ao olhar as pernas de uma mulher bem mais jovem que passava na rua. Essa é a penosa vida de uma mulher que envelhece em um mundo masculino. Logo, quando aquela atriz flertou com ela e a tensão de seus músculos a desabitou de repente, ela levou o flerte adiante porque foi bom sentir-se mais uma vez mulher em seu corpo que respondia com vida. Mas não passou de um flerte. Voltou para casa. O marido já estava dormindo. Deitou--se ao lado dele apenas para ser levada aos braços de Maria.

Quando dois homens transam é intenso, quase como uma luta; um homem e uma mulher transando é o que se espera e tem também sua beleza; mas, quando duas mulheres transam é poesia pura – era nisso que pensava sentada na privada do banheiro tocando sua vagina ainda molhada e se olhando no espelho. Masturbou-se ali, se lembrando de Maria tirando a roupa diante de homens e mais homens e seus paus duros que deixavam dinheiro na calcinha dela antes dela chegar em sua casa para chupá-la e a fazê-la gozar esfregando seu clitóris contra o dela. Gozou mordendo o braço esquerdo para que o grito de prazer que ia sair fosse abafado e ninguém acordasse: para que toda aquela vida moldada, tão perfeita e fria quanto o mais fino cristal, não se quebrasse. Maria sempre pensou que ela não tinha assumido por completo a relação entre as duas porque ela era uma stripper que mal havia terminado a high school enquanto ela estava lá, dando continuidade à sua faculdade de marketing através de um MBA na América. Achou mais fácil deixar Maria em sua crença, abandoná-la alguns meses antes de defender sua tese com a desculpa de que precisava de foco e que voltaria ao Brasil logo depois e que sua mãe não estava bem de saúde e que teria que arrumar um emprego e que e que e que. Meias verdades para acobertar uma mentira maior: como explicar para a mulher que amava que tinha orgulho dela, que ela era perfeita em sua pele morena, inglês com sotaque carregado, dançando nua para pagar seu aluguel enquanto sonhava com uma pequena casa com jardim, em terminar seus estudos um dia para poder dar aula para crianças até que, com sorte, conseguisse ter seus próprios filhos. Como explicar que o problema era na verdade seu preconceito com ela mesma, o desespero de encarar a vida para a qual foi moldada colidindo com a vontade de mandar tudo para o alto e assumir seu desejo, amor e vida junto com uma outra mulher. Queria ter essa força, por vários momentos pensou que seria capaz de chegar na casa de seus pais de mãos dadas com Maria. Mas, não era forte. Era fraca e tinha vergonha de si mesma. Era covarde pois na sua omissão alimentou em Maria a crença de que ela era menos apenas para que não precisasse dar forma ao seu monstro através da voz e do verbo.

Era inverno em Miami, o que não significa muita coisa se comparado à maior parte do país. Mesmo assim, um certo vento quase gelado soprava. Em breve seria Natal, decidira passar as festas sozinha, em terra estrangeira. Amargava o fim de um relacionamento que tinha deixado no Brasil e que acabou três meses depois quando ele, por e-mail, mandou uma mensagem curta dizendo "não dá, essa coisa a distância não é pra mim". Quando ela ligou para conversar, afinal existe uma regra de etiqueta entre amantes de que esse tipo de coisa não se termina assim por e-mail ou mensagem de celular pois, se a distância existe, há de pelo menos se humanizar o fim com a voz. A não ser que o amor nunca tenha existido: nesse caso, a parte iludida, que recebe uma simples mensagem escrita assim de forma tão desalmada, quase sempre sente tudo no estômago, seguindo para o fígado até chegar no coração – exatamente nessa ordem. Ligou para ele e depois de uma conversa que se fez em pausas, monossílabos e reticências da parte dele, ela tomou coragem para fazer aquela pergunta fatal que todo o amor ferido faz para que o punhal seja cravado fundo de uma vez. A resposta veio no plural: "sim, já estou saindo com outras mulheres". Acabou ali. Sem despedida. Colocou o telefone no gancho. Foi até a cozinha e tacou contra a parede em um berro só o primeiro copo que encontrou pela frente. Chorou enquanto juntava os cacos com a vassoura. A fossa durou quase um mês. Certa noite, bebendo com dois amigos, falava sobre esse fim que vivia em sua garganta como um sapo cujas pernas sentia mover em sua boca por vezes se confundindo com sua língua. Foi quando um deles a convenceu de que tudo que ela precisava era ir a um Strip Bar: ela pagaria menos para entrar por ser mulher, alguns homens pagariam bebidas de graça para ela e no mínimo seria algo diferente, algo que ela nunca tinha feito. "Quebrar o padrão é a melhor coisa que se pode fazer nesse tipo de situação", o amigo disse e ela concordou no impulso, sem pensar muito. As mulheres dançando eram lindas, todas elas. Já não podia dizer o mesmo dos homens que vieram pra cima dela salivando, oferecendo drinks e a convidado para lugares mais isolados, medindo seu corpo para ver se valia a pena desnudá-lo ou não; ou, ainda, bêbados demais para enxergar qualquer coisas que não fosse seu sexo. Cansou-se. Foi fumar lá fora, tomar um ar. Foi abordada por um garoto de não mais de dezoito anos, seguido de um senhor idoso e um grupo de *red necks* que começaram a passar do ponto a espantando dali. Os fundos da boate dava para um campo com algumas árvores grandes, daquelas cujos troncos dizem que são bem mais velhas do que qualquer coisa ao redor, que poderiam ser nossas tataravós se não mais. Havia um banquinho de cimento branco ali. Sentou-se admirando o silêncio por um tempo. "Me gusta", uma voz suave rasgou o ar traduzindo-se em uma mulher morena de longos cabelos lisos com um casaco comprido que ela puxava um pouco mais na frente transpassando os dois lados na luta para esconder o brilho dos bordados do top e da calcinha. Maria, apresentou-se, e em seguida sentou-se ao seu lado. Tirou um cigarro meio amassado do bolso do casaco e colocou nos lábios insinuando que precisava de fogo. Cigarro aceso. Ambas observavam o dançar do vento nas folhagens ao redor. "Me gusta what, Maria?", encarou os olhos da mulher ao seu lado pela primeira vez. "The brave trees", Maria sorriu, e vamos assumir agora que o diálogo que se seguiu aconteceu todo em português para que a história não se perca em traduções.

— As árvores valentes?
— Se você pensar que elas estão aí há muito mais tempo do que nós; e que é possível que permaneçam aí para nossos filhos e netos e... elas resistem.
— Elas poderiam ser nossas tataravós, era nisso que eu pensava pouco antes de você aparecer.
— Mulheres e árvores sobrevivendo aos homens em um mundo de homens.
— Mas deve ser bom, não?
— O quê?
— Ter os homens aos seus pés enquanto você está no palco.
— Talvez... eu gosto mesmo é da ironia.

Maria percebeu o franzir de testa da mulher à sua frente, seguido de um leve movimento dos lábios para a esquerda. Tentava antecipar como ela iria reagir a resposta que lhe daria em breve para aquela expressão do seu rosto, gostava da forma como os olhos verdes dela se fixavam nos seus, esperando. Segurou o suspense pelo tempo de uma tragada soltando a fumaça bem devagar.

— Eu não gosto de homens.

Ao contrário de todos os cenários que imaginara uma risada gostosa se fez. E talvez suas mãos tenham se tocado em algum momento.

— A ironia das ironias.
— Eu sempre gostei de dançar ... não é o emprego dos sonhos mas paga as contas.
— Eles sabem? Alguém sabe?
— Não. Faço bem esse jogo do flerte e paro por aí. Não quero perder meu emprego, ou ter algum macho querendo me converter em hetero.

Reparou que Maria estava apagando o cigarro, algo dentro dela se agitou por um instante.

— Já vai? Ainda tem cigarro aí para você fumar, sorriu.
— Está na minha hora. Tenho que flutuar no meu tronco de árvore em troca de alguns dólares na calcinha — Maria levantou e abriu o casaco deixando o figurino brilhante à mostra — Você vai entrar? Não é muito seguro você ficar aqui atrás sozinha.
— O mundo dos homens... — suspirou

— Tomamos um drink depois que eu me liberar daqui, pode ser?
— Claro.

Maria seguiu para a porta dos fundos, enquanto ela, contemplava a poesia dos passos firmes daquela mulher se equilibrando com desenvoltura em um par de sandálias douradas: como duas estrelas pontiagudas perfurando aquela terra seca e masculina; dura e estéril. Terminou o cigarro e se apressou em entrar na boate. "Essa bucetinha tem dono?", gritou um dos rednecks quando ela passou por eles novamente. Ela mostrou o dedo do meio. Responderam dando risada, chamando-a de puta raivosa. Ignorou a provocação. Não queria perder Maria flutuando no espaço, desafiando a gravidade.

Entre um silêncio e outro, alguma conversa sobre as crianças e uma espátula de manteiga que passava da mão dele para a dela fazendo as vezes de um contato físico, o café da manhã com o marido seguiu conforme o esperado: olhares e sorrisos que mais pareciam uma reação involuntária de músculos e sinapses, rubricas de uma peça de teatro. Ele terminou o café levando a xícara até a pia enquanto ela ainda segurava meia fatia de pão em suspenso no ar, em algum lugar entre sua boca e o pensamento longe.

— Vou acordar as crianças enquanto termino de me arrumar. Tenho uma reunião logo no primeiro horário, você deixa os dois na escola?
— Claro. — mordeu o pão, enfim.

Antes que ele saísse da cozinha ela solta num rompante, na forma de uma mentira branca ou uma meia verdade, o pensamento que lhe roubava o tempo desde que acordara de manhã.

— Estou pensando em levar as crianças para a Disney — largou o resto de pão no prato e se levantou levando a louça para a pia.

— Nas férias?
— Não, mês que vem. Tirar uns dez dias de folga com elas; daí aproveito e visito meus amigos em Miami.
— Por que não espera uns meses até o final do ano? Daí vamos todos juntos.
— Não.
— Não?
— Estou estressada.
— Estressada? Não parece.
— Mas estou.
— E as crianças, vão perder aula?
— É começo de bimestre, depois eu me acerto com os professores.
— Parece que você já tinha decidido isso e só está me comunicando.
— Sim. Somos independentes, não somos?
— Somos um casal.
— Mas não somos dependentes um do outro. Podemos tomar decisões sozinhos, certo?
— Eu iria te consultar antes de tomar a decisão de tirar férias sozinho.
— Mas não precisa.
— Não?

— Não.
— Pensando bem, você parece estressada mesmo.
— É.
— Não quer deixar as crianças comigo e ir para a praia sozinha? Dar um tempo?
— Não, quero ir pra Disney com elas e dar uma passada em Miami.
— Desse jeito parece que o que você quer mesmo é ficar longe de mim.
— Não é isso.
— Não?
— Não.
— Então está resolvido.
— Sim.
— Vou acordar as crianças.
— Eu levo os dois para escola.

A borra de café que sobrou no fundo da xícara. Antes de jogar água observou as formas e linhas que se desenhavam ali. Sua avó materna costumava ler a sorte das pessoas na borra de café; uma bruxa-benzedeira, era assim que a chamavam. Batiam palma em frente da casa verde de esquina para serem costurados de rasgaduras, tirar quebrantes de crianças assustadas, fechar o peito e, é claro, saber o futuro. Sua avó dizia que via o dom nela, que poderia ensiná-la se quisesse. Não quis. E quando quis a avó já tinha morrido. Nunca acreditou muito em sortistas e coisas do tipo: não porque era descrente da magia e sim porque tinha dúvidas sobre a linearidade do tempo. Mas se perguntava naquele momento se aquelas linhas guardavam o nome de Maria. Como se o fatídico sonho dela pela manhã fosse uma asa de borboleta deslocando o ar, gerando uma cadeia de eventos sincrônicos que culminariam com ela encontrando Maria ao acaso, em uma rua qualquer de Miami, mesmo após mais de vinte anos sem nenhum contato. O que diria sua avó se naquele fundo de xícara vislumbrasse que a neta era, na verdade, uma lésbica de meia-idade que não conseguiu quebrar a casca de sua criação classe média católica cujo sonho tedioso se resume em uma linha reta entre casar, ter filhos e um bom emprego — não importando muito bem a ordem dos fatores. Abriu a torneira e observou a borra de café como um filete grosso de seu futuro (ou passado?) escorrendo pelo ralo.

Os dias em Miami passaram mais rápido do que os registros de seus sentidos. Entre passeios com os filhos, lembranças e mais lembranças e amigos de um passado que agora não lhe parecia tão distante assim, resgatou um pedaço seu que havia sufocado a vida inteira. Um pedaço que era livre: movido pela coragem de ser, de existir e não simplesmente sobreviver. Maria? Ninguém sabia dela. Alguns nem se lembravam da stripper mexicana. Escondeu seu amor por aquela mulher — e tudo que viveram juntas — tão bem que ela virou um fantasma, alguém de quem se lembravam do nome com certo espanto, mas não conseguiam trazer à mente nenhum traço ou qualidade. No carro, indo para Orlando, pensava no tempo perdido. Pensava nela completamente perdida: aos quarenta e sete anos ainda não sabia ao certo o que fazer ou quem deveria ser. Pegou um contorno. Começou a dirigir de volta para Miami. Para onde ir? Não tinha mais tanta certeza. Sua vida montada parecia mais incompleta do que simplesmente um casamento morno e uma carreira sem paixão. Seus sonhos ainda viviam nela como sonhos, e por mais vasto e velado que o seu amanhã aos poucos se revelava, decidiu ali, naquela estrada, que iria se divorciar. Pisaria nesse amanhã sozinha, com suas pernas, seu corpo, seus desejos e impulsos libertos em sua própria natureza; e isso era o começo de tudo. Parou o carro em frente a uma construção abandonada de um tom rosa já tomada pelas plantas que cresciam saindo das janelas. Desceu do carro buscando a parte de trás da construção. Uma placa de ferro enorme com fiações de luz soltas estava encostada na parede lateral: sob a espessa camada de ferrugem ela leu "El Dorado", e sorriu. O banco de cimento ainda estava lá, como um monolito a ser desvendado. Parou diante dele como se para diante de algo imaculado. Respirou fundo olhando para o campo verde que mantinha seu espaço intocado apesar de uma ou outra construção que avançava sobre o lado de cá do rio. Seu filho de dez anos se aproximou junto com o menor de sete anos.

— Aqui não é a Disney, mãe — disse o de dez anos, entediado.
— Não. Não é — ela respondeu
— Você está chorando, mãe? — perguntou o de sete.
— Estou feliz.

O filho menor pegou a mão dela. Olhava na mesma direção que a mãe tentando decifrar o que estava acontecendo, como alguém podia chorar enquanto está feliz? O mais velho caminhava de um lado para outro tentando se entreter com qualquer coisa. Catou uma pedra do chão e lançou para frente.

— O que é "El Dorado"? — a pedra caiu em algum lugar além, no infinito.

— Um lugar de muita fortuna, com um rei coberto de ouro.

— Aqui só tem vazio e coisa velha — chutou uma lata enferrujada no chão.

— Sim, você tem razão.

— O que a gente está fazendo aqui então?

— Observando.

— Observando o quê? — o pequeno soltou a mão da mãe.

— The brave trees.

— O quê? — o mais velho parou do lado da mãe, enfim.

— A resiliência das árvores.

FOGO SAGRADO

Ele está sentado, as mãos e o dorso nu sujos de sangue. Está cansado. A respiração ofegante acompanha a tentativa de conter o choro mais uma vez. Por um momento se pergunta se aquele sangue é seu, mas o coração em cima da mesa, dissecado cirurgicamente com o único bisturi que tinha na casa (uma espécie de amuleto desde os tempos de faculdade) são o choque da realidade que ele insistia em negar nas últimas horas: o coração é de Lara, e ela está morta. O corpo dela em cima da cama deles, e todas as tripas e vísceras expostas pelo rombo por onde ele tirou o coração, já que serrar o tórax seria impossível naquelas condições, sem os instrumentos certos. "O trabalho de um açougueiro", longe da precisão das mais de centenas de corações que já haviam sido curados pelas mãos dele, que não tremiam nunca; mesmo agora, enquanto afasta as estruturas próximas à veia cava superior, fazendo em seguida um último corte longitudinal no tecido na esperança de que ali, talvez, encontrasse os últimos pensamentos dela. O sol se pôs novamente há algum tempo, "pouco mais de 24 horas, quem sabe?", já não sabe há quanto tempo está ali, trancado em seu apartamento tentando entender que aquilo que parecia um pesadelo é na verdade sua realidade. O desespero da pele branca, o sentir em seus braços o *rigor mortis* e toda a bioquímica do fim tomar conta do corpo da mulher que amava enquanto ele a abraçava desejando que a Terra girasse em reverso; a vontade de decifrar mais alguma coisa dela para poder seguir em frente, algum segredo ou pensamento inacabado antes de o ar ter deixado os pulmões dela pela última vez — emoções e pensamentos se embaralham e contraem dentro dele mascarando o único sentimento que na verdade buscava: o perdão.

Foi assim que tinha chegado até ali, ele e o coração de Lara em pedaços naquela mesma mesa onde tantas vezes treparam e se amaram e se reconheceram.

Havia chegado mais cedo do hospital no dia anterior, uma cirurgia de ponte de safena pela manhã que correu tranquila e um cateterismo no começo da tarde. Lara já estava em casa sentada em frente ao computador com fones de ouvido. Assustou-se ao vê-lo aparecer na porta do escritório dela. Em seguida abriu um sorriso, "vem cá, ouça isso aqui". Puxou uma cadeira e sentou-se ao lado dela que numa espécie de inquietação de menina colocou os fones nos ouvidos dele.

— O que é? — perguntou já tirando o fone.
— O que você acha que é? — puxou a cadeira bem perto dele e pousou as mãos em suas pernas encarando-o bem de perto.
— Fluidos corpóreos e o som de um coração batendo. O que alguém ouviria dentro do corpo de alguém?
— Não. É o som de dois buracos negros se chocando.
— E você está ouvindo isso por quê?
— Porque eu precisava de inspiração, mas agora você chegou e...

Lara se inclinou roçando os seios no braço dele propositalmente antes de beijar seus lábios e levantar seguindo em direção ao quarto. Ela estava usando sapatos pretos de verniz bem alto com o salto fino. "Ninguém fica andando pela casa com um sapato desses", percorreu o olhar dos sapatos até o dançar dos quadris dela. Ninguém a não ser ela quando o esperava ansiosa para mais uma vez se consumir em seu fogo sagrado, como ela disse certa vez. No começo testaram de tudo, de bares de swing a fetiches dos mais diversos. Com o tempo aprenderam o que realmente os excitava: no caso dela o bondage ou as mãos dele em seu pescoço cortando o ar enquanto ela gozava e, no caso dele, o salto alto dela contra seu peito e o voyeurismo de vê-la transar com outra mulher enquanto se masturbava finalizando nela, sempre dentro dela, não tinha como ser diferente. Existia um amor e uma fé cega nessa forma de entrega entre os dois, códigos e palavras para que soubessem o limite entre o prazer e a dor, seja ela qual fosse. Entrou no quarto e encontrou Lara nua, o vestido jogado no chão como uma segunda pele de algum animal noturno, porém ainda com os sapatos. Ela tirou a roupa dele sem permitir que a tocasse ou beijasse, em seguida mandou que se ajoelhasse esfregando sua buceta na cara dele, puxando sua cabeça para trás com força quando ele tentou chupá-la. Com o sapato contra seu peito fez com que ele se deitasse no chão. "Se existia uma medida para um amor maior era aquilo", pensou enquanto ela se equilibrava em seu peito, o peso dela sobre seu corpo enquanto sentia aqueles saltos finíssimos começarem a machucar a pele. Ela desceu, tirou os sapatos e se sentou na cama esticando uma das pernas com o pé para o alto na direção dele. Engatinhando ele foi até ela, começou a chupar seus dedos, beijar e lamber suas pernas até chupá-la sem permitir que ela gozasse naquele momento. Chupou seus seios, mordeu o pescoço e em seguida a beijou na boca antes de penetrá-la. "Eu te amo", ela disse enquanto puxou uma das mãos dele em direção a sua garganta. Quanto mais ele a penetrava, mais ela pedia que ele apertasse.

Sem código, sem nenhum sinal para parar, fechou os olhos por um instante e gozou. Abriu os olhos, soltou o pescoço de Lara, a cabeça dela pendeu para o lado. Bateu levemente em seu rosto tentando fazê-la acordar. Tentou reanimá-la em vão.

Levanta. Olha para o coração esmigalhado à sua frente e num berro joga tudo no chão. Segue a trilha de sangue até o quarto. Sente um enjoo ao ver o corpo de Lara em meio a vísceras esparramadas. "O que foi que eu fiz?", olha para suas mãos vermelhas. Pega o celular do criado-mudo para chamar a polícia. Para. "Ninguém vai acreditar que isso é amor", atira o celular contra a parede que se esfacela no chão. "Um crime. Um crime hediondo. Nunca amor. Amor. Amor. Nunca. Assassino. Não amor. Criminoso. Não. Amor maior. A polícia? Não. Hediondo", caminha nervoso de um lado para outro pronunciando palavras que se repetem, alternam e desdobram até perderem o sentido em soluços e lágrimas. Vai até Lara. Beija seu corpo frio. Tenta colocar as vísceras dela para dentro. Olha o vestido caído no chão. Pega-o. Sente a textura. Suspira. Segura os pés dela começando a vesti-la. O telefone toca. O telefone não parava de tocar desde a hora do almoço, mas só agora ele se deu conta que o telefone tocava de verdade. Vai atender. "Não, um crime. Não! Amor... Um monstro", para. Puxa o fio do telefone para que não toque mais. Olha para o vestido pendendo nos pés de Lara. Tira as calças, fica nu. Pega o vestido de Lara e veste. Vai até o espelho do banheiro. Passa rímel e o batom preferido dela. Procura nas caixas de joia os brincos de ouro compridos que ela tanto gostava. Fura as orelhas com eles. Admira os filetes de sangue escorrendo em seu pescoço. Passa os dedos nas marcas roxas deixadas pelo salto em seu peito. "A medida do amor", sorri, "os sapatos, onde estão os sapatos?", acha-os logo abaixo da cama. São pequenos demais para seus pés, então resolve colocar os sapatos nela. Batidas na porta. Alguém chama por eles. Caminha até a sacada do quarto. É uma noite fresca de verão. As luzes da cidade ao longe fazem com que ele se lembre dos vagalumes de sua infância, de todos os contos de fada que carregavam em sua luz. Do príncipe que fazia acordar a princesa morta. "Onde foram parar os vagalumes?", olha para o corpo de Lara uma última vez. Não, não há evidências de um amor. Apenas um crime hediondo. "Dois buracos negros se chocando", uma lufada de ar mais forte brinca com os cabelos dele ao mesmo tempo que a tensão em seu rosto é apaziguada. Não havia evidência de todo amor e toda morte produzida pelo choque no vazio de seus corpos. De toda a vida que foi elevada, transformada em algo além. Não havia provas, mas ainda assim ele está ali, encarando o infinito antes do fim. Dois buracos negros colidiram e tudo que resta é o som de um coração batendo. "E não existe nada a fazer a não ser te amar mais", fecha os olhos. A porta é arrombada. Pula.

LEVIATÃ

Quando nova, ao voltar da escola, costumava parar na frente do muro branco e alto da casa que começava em um grande portão violeta. Havia algum padrão de flores, beirando um rococó pasteurizado, no metal do portão no qual ela gostava de passar as pontas dos dedos. Observava com atenção especial as partes onde a tinta violeta havia saído e a ferrugem vermelha pouco a pouco demarcava seu território: achava na ferrugem das coisas uma forma de visualizar o tempo e assim entender um pouco da sua própria natureza. Algumas rosinhas brancas e vermelhas se misturavam a arbustos de erva-doce, que ela espremia entre as mãos para sentir o cheiro. Da casa mesmo só conseguia ver as telhas vermelhas envernizadas do telhado. "O que se escondia dentro de uma casa com um portão violeta?" Agora, já mulher, vive cercada de lavandas na janela, vestida de púrpura e estampas floridas, tentando desvendar o seu próprio mistério.

Há dias tinha a sensação de sentir seu coração bater fora do corpo. Ainda assim, estava viva. Como foi que isso aconteceu?, não se preocupava em saber. Ainda podia sentir seu coração batendo como um pequeno tambor, ecoando em algum outro lugar no espaço ou éter e isso bastava — contanto que aquele órgão vermelho que era o centro de seu ser continuasse compassado. "Onde está meu coração senão dentro de mim?", essa era a pergunta que evitava porque a resposta a levaria ao amor. E ela estava cansada de cair e quebrar-se e doer. Somente cansada. Sabia que o amor era algo descomplicado, não tinha dúvida que sim, mas essa não fora sua experiência até então, pois a sorte de um amor tranquilo exige duas pessoas gentilmente segurando o coração uma da outra sem resistência e com as palmas das mãos abertas. As palmas das mãos abertas, o detalhe: a liberdade entre os pares, o desapego, o segredo por vezes confundido com lascívia.

Ele era uma alma bonita aprisionada em um corpo delicioso e com um coração confuso, ainda assim dourado. Um guru beatnik. Um pescador. Um velho cachorro. Um coiote. Um palhaço: não do tipo clichê triste, mas daquele tipo que consegue sorrir sinceramente em face de sua própria história — até mesmo nas partes ruins. Ele era a própria natureza, parte ancestral de Gaia. Pensava nele como um princípio masculino puro, fecundando informações em partes diferentes do planeta quando a Terra ainda era uma bola de fogo recém-esfriada, escaldante, e assim a vida pode surgir nas mais variadas formas imagináveis e inimagináveis. Sentia que ele não poderia jamais perder o contato com a terra, pois quando o fazia ele perdia uma parte importante de si. Chegou a verbalizar isso para ele certa vez que riu não de deboche, mas de compreensão: como um segredo dividido entre dois amantes sem nenhum julgamento. Um poeta. As palavras eram a sua água mesmo que ele fugisse delas a maior parte do tempo. Ele era o sol secando a sálvia, deixando um cheiro caprichoso no ar que acordava memórias antigas de uma mitologia esquecida.

    A rachadura e a luz ao mesmo tempo; assim era ele: apenas um homem. E ela? Tinha nascido para ser encontrada por ele. E, através dele, se reencontrar com uma parte sua adormecida, um Leviatã, que quando desperto a fez querer ficar ali, ao lado dele, mesmo que longe, amando-o como homem até que ele entendesse por fim que ela era sua mulher. Então, os dois juntos seria suficiente e todo o resto — dinheiro, trabalho, comida, jardins, céu, estrelas, mares — a consequência dessa união. Um amor mais místico do que romântico. Um amor tântrico e mutante. Um amor que a fez querer ser mãe, mulher, sacra, profana tudo ao mesmo tempo, sem distinção entre uma e outra, sem o medo de cair no lugar comum. Mas, tudo na vida morre duas vezes, é fato. As coisas morrem em si e na gente. A ordem não altera a dor. À medida que algo dentro dela se desfazia penosamente, sentia que uma mudança profunda acontecia. Uma mudança que se refletia em tentar salvar as formigas de se afogar no box do banheiro enquanto tomava banho: fazendo com que achassem seu caminho para o jardim através da janela. Era impossível ignorar a vida em qualquer forma ou nível, porque era justamente enquanto essa parte dela, que era ele, morria, que seu corpo desejava mais. Talvez, no final, quando sobrasse apenas o vazio estéril, vacuidade sem eco, finalmente se tornaria ela mesma: seu eu primordial escondido na água lodosa em toda sua potência feminina. Talvez. Por enquanto isso parecia um lampejo, um sonho distante, muito mais distante do que ele.

O amor também tinha um peso. Uma carga que sentia agora como uma pedra de toneladas amarrada ao seu tórax produzindo uma apneia constante que por vezes se traduzia em água. As lágrimas passaram a ser sua forma de respirar no mundo. Pensava com frequência que talvez estivesse sofrendo algum tipo de mutação, que ao poucos guelras nasceriam atrás de suas orelhas, seu sangue esfriaria e no corpo escamas de um cinza úmido lhe devolveriam a paz de não mais reter a lembrança por mais de alguns minutos; assim, quem sabe, seria liberta da memória dele. "O que fazer com todo esse amor?", a caneta porosa preta tocava sua pele desenhando espirais que se interligavam tentando alcançar aquilo que reside no espaço onde moram os sonhos, além do infinito, em uma casa de vidro vazia no topo de um penhasco que vibra com as ondas do mar revolto que se chocam contra o paredão cinza. O silêncio da casa. O silêncio. O silêncio. "Onde foi parar a música?" Jogou a caneta para longe e com a saliva tentou apagar as espirais que agora se tornaram um borrão, matéria amorfa. Ninguém fala desse amor que não acaba, do sentir-se uma ferida aberta e ainda assim não querer fechá-la para que ainda possa tocar resquícios do amor do outro em seu corpo. Desamor. Desamar. O avesso do verbo. E, apesar de tudo que foi e o que não é mais, como uma fêmea no cio, diria sim para ele mais uma vez. Desabotoou a camisa de flores; o torpor que a esperança de senti-lo novamente dentro dela causou em seu corpo naquele instante. Mas, ele não viria. Estava longe. Nos braços de uma outra história que começou muito antes dela (e que ela só soube com algum atraso). "Tarde demais", despiu-se da primavera jogando-a no chão sem nenhum cuidado para se deitar na cama vazia onde se fazia inverno.

— O que você fez hoje, honey? Foi visitar seus amigos na casa de campo? — ele perguntou sorrindo.

— Eu dormi — ela respondeu languidamente.

— Dormiu? Por quê? Tinha sol e brisa e nuvens com formas de bicho como você gosta.

— É o único jeito que eu ainda consigo estar aqui com você.

Os olhos dos dois se reconheceram mais uma vez. Ele segurou a mão dela contra seu peito roçando o nariz em suas bochechas. Testa contra testa, permaneceram assim, respirando. "Eu te amo", ela disse, e assim se fez o fim.

O AMOR É CHATO

— Sei lá… Pra falar a verdade eu estou bem cansada disso.
— Disso o quê?
— Você … eu… nós.
— De mim? De onde você tá tirando isso?

Nesse momento ela se levanta da cama sentando sob os joelhos para poder encará-lo ali, ainda deitado.

— Eu preciso de abertura, sabe? Vontade.
— Eu estou pelado nessa cama olhando você falar sem parar e já estou com vontade de transar com você de novo. Eu já não sou mais tão novo, logo esse tipo de coisa não acontece assim tão fácil. Você me dá tesão. Você é linda. Se isso não é a tal vontade que você precisa, então o que é?

Ela se irrita. Levanta. Caminha ao redor do quarto tentando achar sua camisa que veste agora fazendo as vezes de um penhoar.

— A verdade é que você só está comigo porque eu faço você se sentir bem. Porque eu nunca peço nada: eu simplesmente estou aqui pra você. 'Você me foder' são as migalhas que eu aceito porque eu amo você e sendo assim eu tenho aquela maldita esperança.

Ele senta na cama para poder acompanhar os movimentos dela que se tornam cada vez mais erráticos e impacientes enquanto ela tenta se vestir novamente.

— Então me peça alguma coisa, qualquer coisa.
— Como você está?
— O quê?
— Você nunca pergunta como eu estou. Tudo sempre gira ao seu redor: a sua confusão, a sua dor, o seu alcoolismo, o seu trabalho, as suas decisões. A gente se encontra aqui para transar quando você quer transar, quando você decide que tem tempo para mim e...

Ela interrompe o pensamento para praguejar qualquer coisa contra a meia do pé direito que não consegue achar.

— E?
— E eu não posso mais ficar aqui esperando como uma idiota cheia de esperança.

Ela senta na cama para vestir a meia que acabou de achar embaixo da cama. Ele a abraça por trás, um pouco desnorteado, sem entender direito de onde tudo aquilo que ela vociferava estava vindo.

— Eu te amo, você sabe disso.
— É claro que agora você me ama: eu estou deixando você.
— Você está sendo irônica?
— Não, é só a obviedade da vida mesmo.
— Como o que por exemplo?
— Como o fato de que relacionamentos sempre acabam devido a falta das coisas simples e pequenas: quando você para de ver o outro e só consegue enxergar a si mesmo.

Ela termina de se arrumar vestindo os sapatos. Ele ainda está nu, sentado na cama olha a fresta de luz do poste que entra pela janela.

— O que acontece com a gente?
— Viramos memórias, eu acho. E você volta para a tua esposa, para a tua família, o aconchego sacro do teu lar. A zona de conforto.

Ela vai até o banheiro. Ele vai começar a falar algo, mas ela volta para o palco interrompendo.

— Esse texto não está bom.
— Sim, eu sei. Tem algum tipo de fagulha que a gente tinha no começo dos ensaios que se perdeu.
— Isso! Está tudo tão mecânico agora. Não consigo acreditar nesse texto na minha boca. Eu não estou sentindo nada.
— Talvez a gente pudesse tentar falar o texto caminhando pelo palco, se encarando o tempo todo e chegando mais próximo um do outro conforme fosse dando vontade.
— Vamos tentar.

Eles começam a se movimentar pelo palco falando o mesmo texto novamente.

— Então me peça alguma coisa, qualquer coisa.
— Como você está?
— O quê?
— Você nunca pergunta como eu estou. Tudo sempre gira ao seu redor: a sua confusão, a sua dor, o seu alcoolismo,

o seu trabalho, as suas decisões. A gente se encontra aqui para transar quando você quer transar, quando você decide que tem tempo para mim e...

Quando ele está bem próximo dela, encarando-a firme nos olhos, ela se distrai e começa a rir.

— Desculpa. Não está funcionando para mim. Eu tenho que me conectar com esse texto a partir do corpo, sabe? Vamos começar de novo, mas já bem perto, tocando um no outro conforme as frases vão saindo porque sei lá... Porque ela está deixando o cara que ela na verdade ama. Por que ele está deixando ela partir assim? Por que ele só a enxerga realmente quando ela o deixa? Homens são uns imbecis mesmo...

— Sim, nós somos. Sempre nos dando conta das coisas com algum atraso.

— É tão triste.

— Vem aqui. Eu vou abraçar você por um tempo e a gente fica assim, junto. Você começa a dar o texto quando sentir vontade e a gente vê para onde a cena caminha a partir disso.

— Ok.

Ele a abraça e permanecem assim por um tempo. Respiram. Uma certa tensão se faz sentir no ar aos poucos. A voz dela ecoa baixinho dentro do teatro vazio em meio a um cenário ainda em construção.

— Não sei... Pra falar a verdade eu estou bem cansada disso.

— Disso o quê?

— Você... eu... nós.
— De mim? De onde você está tirando isso?

Continuam o texto em um processo físico de enlace e desenlace de seus corpos até que seus rostos se tornam tão próximos que não há mais espaço, que o ar que respiram é só um. Pausa. A próxima fala não sai. Silêncio. Ele se desconcentra, não consegue lembrar.

— Desculpa, agora fui eu que me perdi. Isso não está funcionando.
— Tudo bem... mas eu realmente achei que a gente estava chegando em algum lugar com esse texto agora.
— Sempre nos resta a improvisação. Pode ser?
— Uma cena fora do campo da história?
— Sim, acho ótimo. Não aguento mais essas falas.
— Que tal a gente explorar o dia em que ele, o personagem, decide procurá-la novamente?
— Então você acha que ele ainda vai atrás dela?
— Sim.
— Você é uma romântica! Como foi que eu nunca havia percebido isso em você?
— Porque eu não sou.
— Não é o que parece.
— É só uma previsão com base na observação: homens costumam entender a mulher que tinham do lado somente quando ela não está mais ali. É sobre isso que esse texto que repetimos aqui à exaustão fala, não é? Sobre não dar valor ao que se tem no momento presente apenas para depois reconhecer a beleza do que se perdeu.

— Eu penso que esse texto é sobre o medo ... Vamos improvisar, ok?

Ela caminha até a beira do palco e senta com as pernas mexendo no ar. Alonga os braços para cima e solta-os ao lado do corpo. Do bolso ela tira um maço de cigarro e um isqueiro. Fuma. Ele se aproxima e senta ao lado dela. Ela move o maço de cigarro na direção dele oferecendo o fumo. Ele aceita. Fumam calados por um tempo, olhando pra frente como se ali não pudessem ver nada além de uma grande tela branca. Ela resolve traçar uma linha no branco infinito. Sem pensar muito solta o que estava engasgado nela como uma flecha: sem rodeios, ódio ou esperança; apenas como alguém que busca entender o que havia mudado.

— Por que você está aqui?
— Porque eu sinto sua falta e...

Ele para. Dá uma pausa para medir as palavras. Sabe que o que disser será a linha tênue entre ela continuar ali ou simplesmente levantar e ir embora. Ele quer que ela fique.

— E?
— É que desde que a gente terminou eu fico tendo essas longas conversas com você dentro da minha cabeça. Pensei que talvez fosse bom conversar de verdade, ao vivo, com você essa noite.
— Eu pensei que você estivesse ocupado, tentando achar o tal espaço para resolver a tua vida.
— Sim, eu ainda preciso de espaço. Não, eu não consegui

resolver muita coisa para ser honesto. Mas eu também preciso de uma amiga.

— Nós não somos amigos. A gente costumava transar, lembra? Você também deixou bem claro que não me amava: que havia uma outra pessoa na tua vida. O que isso faz da gente?

Silêncio. Ela termina o cigarro.

— Aqui está: o silêncio mais uma vez onde deveria haver uma resposta. Nada. Essa tua pausa além do tempo deve querer dizer isso: não somos nada.
— A gente ainda está improvisando em cima do texto?
— Não sei, você que me diz.

Ela olha pra frente. O rosto tenso. A tela branca de antes agora dá a vez para um conjunto de lembranças e dores.

— Olha pra mim.
— Estou olhando.
— Então diz.
— Diz o quê?
— O que você quer dizer desde que começamos os ensaios dessa peça.
— Tem o jeito certo e o errado de lidar com alguém que a gente diz se importar.
— Seja mais clara.
— Honestidade, conhece? Homens egocentrados como você desconhecem a ação por trás dessa palavra. São covardes, falta a coragem de dar a facada até o final. Então, vocês vão marinando mulheres sem nenhuma consideração pelo coração

que está sangrando a sua frente apenas para que um dia vocês possam voltar — quando se sentirem sozinhos — e dizer 'eu sinto a sua falta'.

— Mas é verdade. Eu sinto mesmo a sua falta. É isso que você pensa a meu respeito?

— Claro que não. Nós somos amigos, não somos? Conseguimos até trabalhar em uma peça de teatro juntos fingindo que nada aconteceu.

— Você está sendo irônica.

— Por que você aceitou fazer essa peça mesmo sabendo que eu estaria nela?

— Porque minha vida anda uma merda faz algum tempo; e você é a única pessoa que consegue fazer eu sair da minha cabeça, relaxar e me sentir bem.

— E você quer que eu entenda isso como um elogio?

— Eu estou dizendo que você é importante pra mim.

— Você me ama? Ou você só quer alguém para transar que, por acaso, também consegue conversar além dos gemidos?

— Por que você está sendo tão dura comigo?

— Porque você me machucou e eu não gosto muito de você no momento.

— Eu acho que talvez eu te ame.

— "Talvez eu te ame"? Sério? Some daqui.

Ele se levanta, começa a vestir o casaco para sair.

— Hombridade.

— O quê?

— Pense nessa palavra da próxima vez que você resolver conversar comigo dentro da sua cabeça.

— O talvez é o meu escudo: o meu medo da entrega. Péssimo timing. Péssima escolha de palavras. A gente continua o ensaio amanhã.

Ele vai embora. Ela desaba a chorar. Corre até o camarim. A maquiagem borrada em finos rios de lágrimas pretas em suas bochechas. Controla o choro. Com um lenço limpa a maquiagem borrada. Ouve passos se aproximando pelo corredor. Gostaria que fosse ele. Talvez ela seja romântica mesmo. Talvez ele tenha razão. Talvez. A porta abre. Ele entra. Ela vê o reflexo dele através do espelho e sorri. Ele quer saber o que se esconde atrás daquele sorriso dela.

— No que você está pensando agora? — ele pergunta
— Que o amor é um negócio chato pra caralho.

Ele caminha até ela sem dúvidas, sem talvez, e a beija. Ela sente o pau dele duro contra seu corpo e gosta.

— Então o amor é chato?
— Sim, muito.
— Vamos só transar, fumar um cigarro e sublimar essa coisas toda.
— Mas eu ainda te odeio, um pouco.
— Eu sei.

Ela abre as pernas se enroscando nele, trazendo-o para junto dela. Transam.

O HOMEM VELHO

Espremo os olhos tentando enxergar alguma coisa do amontoado de pessoas vestidas em capas roxas que se movem como uma grande massa compacta umas três quadras à frente. A festa do *Señor de los Milagros*, havia me esquecido de como era. A Lima de hoje não é a mesma de quarenta anos atrás. Mas a tradição católica, que chegou erguendo igrejas onde antes havia templos do sol e da lua, respira viva e inabalável na imagem de um Cristo crucificado do século XVII, pintada em uma parede de barro dentro de uma comunidade de escravos, que, dizem, sobreviveu a terremotos enquanto tudo ao redor sucumbia. O taxista podia ter me avisado sobre o trânsito caótico provocado pela procissão quando insisti na rota, mas, por certo, achou que em um senhor da minha idade não há espaço para a pressa. E não há, a não ser pelas flores em minhas mãos que já começam a perder um pouco do brilho devido à falta de água. A paciência de um velho como eu, que já viveu muito e se deixou perder outras tantas vezes — que é o resultado torto de tudo que ganhou e perdeu — vem na forma de uma certa lentidão das pernas que vivem um conflito silencioso com a inquietude altiva e por vezes púbere do olhar. Assim é a velhice para mim, como uma infância ao contrário: o entusiasmo e o sabor pulsante de viver algo não pela primeira vez, mas com uma consciência sutil, porém ubíqua, de que talvez seja a última. Não tenho pressa. Nem para vê-la novamente, para enfim repousar todas as noites em seus braços e com a cabeça contra seu ventre, provavelmente velho e flácido como a minha pele, reencontrar o mais próximo que cheguei de um lar. Não tenho pressa porque sei que você estará lá, na mesma casa onde certa vez dividimos uma breve vida juntos, me esperando para vivermos o amor que experimentamos quando jovens até que eu — e meu coração desalinhado — decidi partir em uma jornada autocentrada onde eu dizia que meditação deveria ser vida em si. Mas não era só isso, nunca é. A minha partida era tingida de vermelho: no sangue que parecia pintar o passado nos olhos de quem ficava para trás e nos fios de cabelo que pareciam apontar para o meu novo futuro.

Costumava acordar nua ao meu lado. "Não gosto de nenhum tipo de barreira entre a gente", você dizia enquanto laçava as pernas ao meu redor em um abraço de boa noite que era, na verdade, um convite intencionado para que eu mais uma vez penetrasse nos mistérios que se escondiam no espaço sagrado entre os dois pilares que durante o dia te conduziam por rios, pradarias, espinhos e montanhas antes de voltar para mim. Nós teríamos vivido uma vida leve e fácil juntos, com uma vida sexual plena — algumas vezes torcida para os olhares mais puritanos — sem nos darmos conta de que aquilo era na verdade amor. Quem nesse mundo imaginaria que o amor poderia existir sem dor e apego? Nem mesmo nós. Ou eu; porque acho que você sempre soube exatamente o que era no momento em que estávamos vivendo. É um dom raro ser e estar tão presente a ponto de conseguir saborear as coisas enquanto elas acontecem. E você tinha esse dom. Esse era seu presente para o mundo, a sua graça. Então, é claro, eu a deixei. Fui embora com a desculpa de me encontrar. Porque eu tinha você, mas eu queria ela: a mulher ruiva que eu encontrei em uma das minhas expedições arqueológicas na Argentina. Eu tinha que ir atrás dela; erroneamente pensando que, por ser um desejo e me fazer sofrer – descobrindo assim partes minhas através daquele sofrimento – ela era o grande amor da minha vida. E você? Você fazia eu me sentir bem. Eu achava que não havia nada além do vazio nessa bondade e leveza que você me dava sem esforço, sem pedir nada em troca a não ser que eu as aceitasse e, consequentemente, aceitasse a mulher em você junto. Mesmo sabendo que não era só minha confusão que naquele momento me carregava para longe, você me disse 'vai, eu vou criar nosso filho sozinha'. Fui embora, foi exatamente o que eu fiz. Um tolo arrogante, assim eu era. Assim, talvez, eu ainda seja agora indo até você com a certeza de que estará me esperando com a promessa de um perdão para aliviar minha culpa. Que me deixe amá-la na minha velhice com esse corpo decrépito que não pode mais lhe oferecer nada além de um certo olor da morte.

No meu último dia em nossa casa você me ajudou a arrumar as malas. Jantamos juntos e depois do jantar eu brinquei com nosso filho por horas no chão da sala, na tentativa desesperada de que aquilo, aquele momento, aquelas risadas, fossem a lembrança que ele teria de seu pai. Já não tinha mais tanta certeza de que queria partir, mas havia chegado ao ponto em que ficar já não era possível. Sofria por amor ao teu lado não pela ausência ou fim, mas, simplesmente, por não ter coragem de vivê-lo. De noite, você vestiu-se com uma camisola branca e com um hálito cítrico me beijou a testa. Sentou-se ao meu lado e diante do peso do silêncio que se fez começou a contar uma história muito antiga que lembrou ter ouvido da boca de um caçador San durante sua infância na África. Nela, havia um homem comum que havia se apaixonado pela filha do chefe da tribo. Para provar que seria capaz de cuidar de sua filha o chefe ordenou que ele, sozinho, caçasse um búfalo trazendo sua pele e carne de volta: assim saberia que sua filha estaria se casando com um homem capaz de protegê-la e sustentá-la. O homem partiu e voltou dias depois de mãos vazias. Não conseguia encarar sua amada mediante o fracasso, mesmo ela o abraçando e dizendo que não se importava. A vergonha que carregava era maior do que seu amor por ela, assim ele partiu deixando a aldeia. Ela, ao prantos, colocou as mãos no fogo jogando-o para o céu escuro formando assim a Via Láctea: para que ele, um dia, pudesse achar o caminho de volta para casa, de volta para ela. É uma história bonita, falei. Em seguida você apagou a luz e dormiu. Não havia dor na tristeza que escapava sutilmente dos teus gestos. Havia sim, uma espécie de sabedoria maior: como se você já tivesse vivido aquele nosso fim infinitas vezes a ponto de naquele momento tudo ser só um conjunto de ações e palavras repetidas com uma pequena variação no tempo, ou ordem, para que alguma emoção ainda transbordasse para o presente; como se você já soubesse de tudo que aconteceria com a sua vida dali em diante: a dureza do mundo para com uma mulher de espírito livre que decide criar seu filho sozinha ao ser abandonada pelo parceiro, a tentativa em vão de se explicar o inexplicável para um menino que cresce sem pai, o malabarismo dilacerante de trabalhar, ser mãe, mulher e ainda assim não ser o suficiente para uma sociedade hipócrita — até o ponto que a parte mulher se torna tão pequena e frágil que quando um novo homem surge querendo levar seu coração não há mais quase nada a oferecer a não ser aquela realidade crua do sobreviver mais um dia e ainda assim você se entrega a ele por cansaço, porque precisa lembrar da mulher em você, mesmo que seu filho não goste dele por ciúme ou infantilidade, mesmo que ele não fosse nem de perto o homem que você gostaria de ter ao seu lado — e, é claro, como se você já soubesse que um dia, já velho e sem viço, eu voltaria a bater na sua porta reconhecendo por fim que você foi o meu grande amor, o que faria de mim, agora, um covarde tentando achar meu caminho para casa; como se você soubesse de tudo isso e contudo escolhesse vivê-lo porque essa é a verdadeira força de uma mulher.

Com a câmera pendurada no meu pescoço e esse caderno com capa dura de couro sempre à mão, registrei os últimos dez anos dessa minha peregrinação sozinho pelo mundo com uma caligrafia de picos e montanhas que misturam o presente com memórias antigas num labirinto de ilusões e vontades que por vezes ofuscam a realidade. Penso nesse caderno como o meu gorro tricotado com esmero para você, assim como os gorros dos homens de Taquile. Não, você não poderá beber água de dentro dele. Mas, há de se encontrar várias vezes em meio às palavras e sons, metamorfoseada nos olhos de uma criança em Potossi ou na pena fazendo desenhos no ar que é empunhada como uma espada por um xamã na Amazônia. O táxi finalmente consegue sair do engarrafamento. Começa a andar mais rápido. Em breve estarei em frente ao portão que sela meu destino final depois de tanto caminhar, cair, quebrar e levantar. Me apresso em abrir uma última vez esse caderno gasto para descrever a minha chegada em Lima até esse momento que antecede o teu rosto em frente ao meu outra vez:

um senhor de olhos fechados tocando rabeca em uma calçada estreita de uma rua feia e suja no centro histórico. um homem no banco de trás de um táxi velho berrando palavras de cunho político através de um megafone. algumas pessoas na calçada buscam o som, não sei ao certo se ouvem as palavras. o texto gritado é longo assim como o engarrafamento. lá na frente, a rua bloqueada: uma procissão religiosa reúne milhares na praça e ruas ao redor da Catedral de Lima. traços nativos carregando com fé artefatos que historicamente oprimiram e mataram grande parte de sua cultura. o ceviche: o milho e a batata que trazem um sabor primitivo. outra vida. sapatos Oxford feitos à mão. um homem fala ao celular encostado em um muro de tijolo sujo. o taxista dirige ofensivamente tentando alçar voo atrás do tempo que se foi enquanto escuta canções religiosas: a que toca agora parece **Je t'aime... moi non plus** do Gainsburg, com a Birkin cantando junto, só que enaltecendo a paixão a Cristo em meio a Aleluias sensuais de uma mulher. o crente não percebe, ou luta para não perceber, o sexo na coisa toda; já eu sinto o cheiro do sexo em quase tudo — nos temperos, nos muros sujos, na castidade dos monastérios, em catacumbas cheias de ossos formando geometrias repetitivas, nos olhares, na língua, nos sabores. o pecado de um é a inspiração divina do outro. meu olhar é atraído para o muro onde está escrito: tu lujo es nuestra miséria. "teu pecado original é minha liberdade", penso. a juventude passa, o desejo fica.

Fecho o caderno porque o taxi parou. Pago a corrida e peço que ele espere um pouco caso ninguém atenda. Desisto das flores já murchas deixando-as no banco de trás do carro. A casa agora pintada de um azul celeste conflita com o vermelho terracota da minha memória. O portão baixo substituído por longas grades e uma campainha moderna. Aperto o botão, uma voz pergunta quem é? Abel Cortés, respondo, vim para encontrar com Ana Mendez. Escuto a respiração do outro lado por um tempo antes do interfone ser colocado de volta no gancho. Silêncio. Espero. Vou tocar a campainha mais uma vez quando ouço a porta se abrindo. Um homem de aproximadamente cinquenta anos se aproxima com um envelope nas mãos. Uma menina pequena de pele morena e cabelos cacheados aparece na porta. Quem é, vô?, ela pergunta. Ninguém, é a resposta, seguido de um "volta pra dentro". A menina olha para mim, sorri acenando um adeus tímido antes de sumir. Sorrio. Aceno também. O homem abre o portão. Estendo a mão para cumprimentá-lo. Ele hesita um pouco até que responde ao meu cumprimento com uma frieza cortante dizendo seu nome de maneira seca: Roberto Cortés. Meu filho, a minha voz sai engasgada. Instintivamente vou abraçá-lo, mas ele se esquiva. Uma pausa de ação e palavras se estende além do tempo tentando construir uma ponte que liga o espaço de quase cinco décadas. Vim para ver Ana, ela está? Mamãe morreu há seis meses. Estou morando aqui agora porque esse era o desejo dela, que permanecesse na casa para que ela não fosse vendida e demolida para dar lugar a mais um prédio. Respiro fundo na tentativa de evitar que as lágrimas transbordem. Sinto muito, falo com a voz trêmula. Ele percebe a minha dor. Toca minhas costas com as mãos num gesto meio truncado não por carinho mas sim por algum código social de humanidade. Em seguida me entrega o envelope. Quando minha mãe soube que estava doente ela deixou esse envelope para que eu entregasse a você. Ela sempre soube que você iria aparecer aqui um dia. Ainda sem reação pego o envelope. O taxista berra "é aqui mesmo, senhor? Estou liberado?" Olho para Roberto, meu filho. Ele me estende a mão dizendo "acho melhor o senhor não perder o taxi". Sim, claro, respondo. Até logo. Ele fecha o portão. O caminho de volta para o hotel é uma espécie de hiato, um lapso de memória. Quando me dou conta estou abrindo a janela do quarto. O mar ao longe se confunde com uma névoa fria. Sento na cama e retiro o envelope do bolso. Uma caligrafia fina, redonda, a letra de Ana.

Abel,

Eu sempre me dei bem com a solidão, a não ser por aquela criada entre duas pessoas. Depois de anos esperando por você, eu segui em frente sem nunca deixar de amá-lo. Casei com outro homem mesmo sabendo que um dia você bateria novamente na porta da nossa casa. Eu tive uma vida plena e feliz. Tudo está perdoado.

Com amor,
Ana

Por que só a morte nos dá a verdadeira dimensão de certos amores? Da tirania apaziguadora do tempo. Do enigma escondido nesse ciclo ilusório de dormir e acordar e comer e trabalhar e sonhar e errar e viver e amar. Tudo já foi perdoado, mas qual a serventia desse perdão agora? O velo de ouro sacrificado aos deuses quando todos os deuses já estão mortos. A vida que deveria se transformar em meditação em si da minha juventude talvez seja isso: viver tanto a ponto de exaurir toda e qualquer fé; e mesmo assim resistir e permanecer. Ana se foi sabendo que eu retornaria ao lar. Algum peso se desprende, evapora no ar. O uivo seco de um velho lobo diante da estepe em cinzas.

O RETORNO DE SATURNO

Tentei matar toda e qualquer noção de tempo porque essa pareceu ser a única forma de responder às minhas questões sem resposta. Seria o momento presente a única verdade que temos, livre de todas as cores e ilusões da nossa imaginação? Ou seria o presente nada além do lugar em que o passado e futuro se tocam? Eu sempre me lembro de um ditado budista que li em algum lugar quando me mudei para Nova York que dizia "each moment only once". Soa um pouco como filosofia barata, mas algumas vezes a verdade é barata mesmo, sem grandes metáforas ou palavras difíceis. Wanna a cigarette?, o cara com um sorriso bonito me pergunta. Pronto, lá se foi o momento. I don't smoke, respondo. I didn't ask if you smoke, I asked if you wanted a cigarette, fala em um inglês com um leve sotaque cadenciado no fundo. Um sotaque que mais forte lembra o da minha mãe. Um sotaque brasileiro, de um país que corre no meu sangue muito embora eu nunca tenha estado lá. Ele ainda está ali, parado na minha frente, cigarro pendurado nos lábios que esboçam um sorriso de menino. Vi o rosto dele entre as poucas pessoas no café agora há pouco enquanto eu tocava alguma canção do Dylan ou Carpenters. Penso em perguntar se ele é brasileiro, mas resisto. Não quero intimidade. Não agora. Pego o cigarro da mão dele e dou uma longa tragada.

Acordo na cama dele. É madrugada. Trepamos? Sim, trepamos. E foi bom. Diferente. Definitivamente diferente. Não queria intimidade e agora estou aqui, nua, na cama de um estranho. Merda! Devia ter perguntado sobre o sotaque. Eu tenho alguém me esperando em casa. Eu sou uma besta mesmo. Merda! Merda! Merda! Ele resmunga, não quero acordá-lo. Que diabos eu estou fazendo nessa cama? Eu sou gay, porra! Minha mãe me botou para fora de casa aos dezesseis anos quando eu contei que gostava de meninas. Queria que ela soubesse da minha boca. A força da mão no meu rosto. A pele quente e ardida na sequência. A voz dela alta e seca dizendo isso é o respeito que você diz ter por mim? Como se já não bastasse eu ser a brasileira, pobre, ilegal e mãe solteira agora ainda tenho que ser a mãe da sapatona. Não quero lembrar do que ela disse depois. Não. Ele resmunga mais uma vez. Estende a mão tentando me achar na cama, mas já estou de pé. Cato as minhas roupas no chão. Saio pelada no corredor onde me visto sem me preocupar com o olhar curioso de um senhor que chega em casa bêbado, a julgar pela trajetória errática de suas pernas.

Entro no metrô tentando achar sentido nessa enorme bagunça que minha vida tinha se tornado há algum tempo: uma bagunça que provavelmente começou no dia que eu nasci, ou melhor, um mês antes, quando meu pai americano que eu nunca conheci abandonou minha mãe grávida de oito meses. Uma bagunça que resolve se fazer palpável em toda sua potência e fúria agora, eu com vinte e oito anos me sentindo uma loser, um fracasso, uma merda ambulante. Levo a mão até meu rosto. Sinto a pele quente por um instante. O tapa na cara que minha mãe me deu. Não era só a intolerância escancarada da minha opção sexual declarada que ardia nele, era, talvez, em maior grau, toda a raiva e tristeza de uma mulher mal amada, abandonada pelo grande amor de sua vida do qual ela era obrigada a se lembrar todos os dias ao olhar para mim, sua filha. Mas, não quero pensar nisso. As luzes da cidade. Alguns jovens bêbados cantando no vagão. Um senhor negro dormindo, seu semblante parece sereno e feliz. Com o que estará sonhando? O abajur antigo aceso em cima da pequena mesa de madeira escura, as plantas na janela, os recados presos por ímã na geladeira. A mancha de café no sofá. A sala vazia da minha casa antes de eu sair para tocar essa noite, essa são as imagens que percorrem a minha mente sem que eu possa domá-las: a minha vida como eu conhecia se dissolvendo como um punhado de areia em minhas mãos que quanto mais eu tento agarrar e apertar mais escorre se perdendo no vento. O amor é fácil, difícil são os relacionamentos. A problemática de tentar racionalizar nossos corações em equações simples como o tempo, a distância, o espaço, tudo so fucking relative... A relatividade explica muita coisa, mas quando se trata de relacionamentos ela fode com tudo. Amar nunca é relativo. Melhor não aprofundar esse assunto. Desço do metrô, daqui algumas quadras estarei em casa. Já está prestes a amanhecer. Kate não vai estar lá ainda, mas chegará em breve do plantão no hospital. Tudo que eu preciso é de um único ato de amor, já que as palavras nos últimos tempos ou me escapam quando olho para ela ou me derrubam como foi o caso da briga que tivemos antes dela sair para o trabalho. Panquecas, suco de laranja e flores no café da manhã, é isso! Ela está cansada, ela parece tão cansada ultimamente. Um café da manhã para ela vai funcionar como um começo, ou recomeço: como a laca misturada ao pó de ouro na rachadura de um antigo vaso japonês. O sinal de pedestres está vermelho. Fecho os olhos e tento lembrar cada traço do rosto de Kate. Abro os olhos e vejo o mundo através dela por um instante.

Os macacos! Onde estão os macacos?, grita se agitando na cama. Um misto de delírio e dor. Ajeito o soro para que a morfina seja administrada no tempo correto. Mais berros. Como você sobrevive à dor desse local?, Jo me perguntou certa vez quando veio me visitar aqui. Penso em você, foi a minha resposta. Penso que logo estarei em casa e você vai estar lá: sentada no sofá, dedilhando alguma música nova que compôs e que vai me mostrar não sem antes me dizer que ainda está cheia de erros, que é só um começo e... É nisso que estou pensando agora. Ele se acalma na cama, enfim. O tom da pele amarelada dele, aprendi a reconhecer isso como o toque da morte em pacientes terminais. Minha mãe morreu de câncer. Vejo um pouco dela no rosto de cada paciente, é inevitável. Não sofro com isso, foi há tanto tempo. Mas, é inevitável também sentir que quando um paciente recebe alta uma parte minha se cura junto. Já deu seu turno Kate, há mais de meia hora. Vai pra casa. Sorrio. Lembro de Jo novamente, casa para mim é ela e não um lugar. Tchau, até amanhã. Saio do hospital, um certo cheiro séptico sempre leva algumas quadras para sair das minhas narinas. O vento gelado. Já está amanhecendo. Eu sei que eu sou culpada pela merda que a tua vida se tornou, foi o que Jo disse antes de eu sair para o trabalho. Quem disse que minha vida é uma merda? Não julgue a minha vida por como você se sente em relação a sua. Respondi sem dar espaço. Respondi no cansaço. Me arrependi no momento seguinte, mas o veneno já havia escorrido da minha boca. Estava atrasada para o trabalho. Tchau, a gente conversa depois. Silêncio. Jo ali, parada, olhando para a mancha de café no sofá, um semblante indecifrável entre o grito e o choro. No que estava pensando? O metrô finalmente chega.

Era meu aniversário, mas naquele ano eu não quis comemorar. Fui em uma outra festa de aniversário, daquelas de uma amiga de uma amiga de uma amiga, sentindo-me feliz por poder passar mais um início de ciclo solar no anonimato. Caminhava pelo apartamento entre vários rostos alegres e desconhecidos que sorriam para mim. Sentia-me em paz por estar ali, mas ao mesmo tempo precisava de ar: era muita vida junta para alguém como eu, acostumada a passar os dias em volta de doenças, acidentes e mortes. Subi a escada que dava em um terraço não muito grande com um pequeno jardim improvisado. Algumas pessoas estavam aglomeradas ao redor de uma garota que cantava uma música em um língua desconhecida, mas, que de alguma forma inexplicável, pareceu-me familiar. Senti-me impelida a caminhar em direção a voz, dar forma ao som, e quando enfim avistei Jo e seus longos cabelos caídos em uma trança malfeita, eu ainda não sabia seu nome porém compreendi que não era a língua, e sim a voz dela que já havia conversado comigo em algum sonho ou desejo oculto do meu coração. O ar voltou a entrar de forma leve nos meus pulmões. Pensei em sair dali, esse tipo de coisa dá medo, mas o frio na minha barriga me dizia que não, ir embora seria um erro pois algo naquele momento estava prestes a ser selado. Ela termina a canção. Em meio a tantos rostos, olha para mim e sorri.

    O beijo aconteceu naquela mesma noite: um beijo devagar, suave, sem pressa. No terceiro encontro fui vê-la tocar em um café e depois fomos lá pra casa. Transamos. Foi tão natural, como se nossos corpos não se descobrissem naquele momento e sim se recordassem. O dormir juntas que se seguiu pela primeira vez... Acordei atrasada para o trabalho. Resolvi assumir o atraso em silêncio para não acordar Jo. Cortei frutas, preparei um suco, fui até a panificadora da esquina comprar croissants e brioches, passei café que deixei na térmica. "Fique o quanto quiser, o café da manhã em cima da mesa é seu", escrevi no bilhete que deixei no travesseiro ao lado dela, porque não queria que ela acordasse e se sentisse sozinha. E ela ficou. Quando cheguei em casa aquela noite ela estava lá ainda, tocando o violão, em meio a folhas de papel amassadas, duelando com as palavras que ela queria escrever para mim, mas que não achava a combinação certa de sons que pudessem chegar perto do que ela sentia naquele momento. Onde foi parar tudo isso? Se perdeu aos poucos em frustrações e inseguranças. No excesso de um cotidiano mecânico e sem poesia. Em uma comunicação cada vez mais quebrada onde o silêncio é a marca da covardia até que seu peso se torna insustentável. O grito quase sempre sai do jeito errado. Estou cansada do trabalho. Estou cansada da jornada dupla do último ano com a volta aos estudos. Estou cansada dos berros de dor e do odor etílico. Estou cansada das palavras erradas e do vazio onde deveria existir a minha voz e a dela gozando juntas. Não, ainda não me cansei de Jo. Este sorriso que vejo entre luzes no reflexo do vidro da porta do metrô pertence a ela. É apenas uma fase difícil, subo as escadas da estação. De longe avisto a janela do apartamento aberta. Um pedaço da cortina para fora balançando ao vento como um prenúncio de paz, talvez? Com sorte haverá mais vida do que morte. É isso que penso todos os dias quando chego no hospital. É isso que penso agora, pela primeira vez, ao chegar em casa.

POET GIRL

Excesso de imaginação ou romantismo exacerbado? Não sabia. Mas, toda vez que a caminho do ponto de ônibus ela passava pelo velho senhor de touca, barbudo, barrigudo, olhos claros, sentado em seu banquinho a enrolar um cigarro enquanto cuidava do estacionamento de um cabeleireiro infantil, via no lugar da touca um velho chapéu de marinheiro; e não era mais um cigarro que ele tinha nas mãos e sim um cachimbo. Cumprimentava o velho sempre como se estivesse cumprimentando um personagem de Melville. Ele só a olhava, fazendo um breve gesto de cabeça com toda e imponência que um homem que já cruzou mares e venceu monstros marinhos carregava em seus gestos. Então, ainda movida por uma certa emoção, pensava nela mesma como uma moça sozinha sentada em uma rocha cinzenta, ouvindo as ondas cavarem histórias nas pedras, tecendo e desmanchando um sudário repetidas vezes para alguém de quem nem se lembrava mais: na esperança não de o encontrar, e sim ser encontrada. Boa tarde, alguém a reconheceu na rua, logo ela não se chamava mais Penélope – porém, a ideia de ser encontrada ainda perdurava nela como um suspiro que se perdeu no ar. Entre bombas, atentados e outras tristezas do mundo, houve sim certa vez um encontro dela com ele: durou alguns anos, meses, ou, talvez, apenas alguns dias; pois o tempo do coração desconhece a métrica da mente. Perdidos em uma Babilônia de palavras, aconteceu a promessa de um retorno, lembrava dos lábios dele se movendo dizendo "um dia eu volto pra você". Mas qual dia? Amanhã? Ontem? Nunca? Não. Nunca não. Houve a promessa, existiu o encontro dos corpos se dissolvendo em criação.

Coisa rara. Com prazo de validade, era sabido desde o começo que ele teria que voltar para o seu país onde estavam seus filhos, trabalho, esposa e lar. O dia que começou cinza não tardou em se transformar em chuva. Estava atrasada para o seu compromisso. Assim era ela: nunca super ocupada como todos os viventes das modernidades, mas sempre atrasada. Os motivos pelo qual se atrasava quase toda manhã? Vários. A árvore frondosa em frente a sua janela chocando seu verde contra o céu azul. Um passarinho cantando, acordando-a para um novo dia. O apito do trem ao longe fazendo seu coração escapar de dentro do peito: reminiscências de um sonho em uma terra distante. O espreguiçar sem fim para sentir seus ossos. Arco-íris dançando nas paredes de seu quarto: um fenômeno físico causado por um raio de sol passando pelo cristal na janela, transmutando o invisível em cores; ou simplesmente mágica se ela assim quisesse. A ausência dele, é claro, e a dificuldade para entender onde terminava o sonho e começava a realidade. Foi essa resposta que lembrava ter dado para seu chefe certa vez quando ele pediu que ela lhe explicasse por escrito os frequentes atrasos. Mas, seu compromisso naquele momento era algo tão mundano e ordinário quanto a venda do nosso tempo em troca de dinheiro: sua ida semestral ao dentista. Estava parada no ponto de ônibus esperando, esperando, esperando e já quase desistindo. Pensou em andar na chuva, em voltar, todavia quedou-se. Por quase uma hora ficou ali parada, vento gelado na cara. Lembrou-se de todas as pessoas que já haviam lhe dito como o verão deveria ser cruel com sua pele clara. Gostaria de dizer para todas elas que o frio dói mais. O inverno mal começara e sua tez já estava vermelha, ardendo, queimada. Resolveu andar porque ficar parada já a inquietava e a chuva acalmara um tanto. Esperar pra quê? O ônibus estava atrasado, as coisas nunca acontecem na hora certa, quando esperamos. É sempre de surpresa para o coração parar na boca, e lá estava ela mais um vez pensando nele. Todas as pequenas coisas do dia a dia viravam metáforas para ele. Ah!, o coração... Não. Ela não queria lembrar que tinha um motivo de o dela doer naquele momento mais que a pele, indiferente às estações do ano. As pernas se moviam para frente, quase marchando, fazendo com que o mesmo ar gelado que cortava seu rosto ardesse dentro das narinas. Queimava. Era assim todo ano, nos primeiros dias de frio pensava em não respirar para não arder, mas daí seria morrer; então respirava. Antes de quase ser atropelada por um carro com pressa, conduzido por mais um vivente moderno que não sabia apreciar o tempo, imaginava se tudo aquilo enfim, a vida corriqueira, o quase morrer de amor, ou de frio, ou atropelada por alguém, não era maior que o momento: era o resumo da vida em si. Afinal, o que não é a vida senão essa tentativa louca de enganar a morte? Nesse caso, haveria então a possibilidade de que o vento, o frio, o esperar, o arder, fossem uma batalha cotidiana não só dela, mas também dele (e talvez de mais alguns); e, dessa forma, não se sentia tão sozinha. Suspirou fundo. O jeito é puxar o ar com força para os pulmões e queimar tudo por dentro de uma só vez. O telefone tocou. O atraso já era grande e a secretária da dentista pediu para remarcar. Voltou pra casa não sem antes comprar um uma garrafa de Malbec no mercado. Não sem antes topar com a beleza que estava lá, no muro da quadra de tênis vazia do parque atrás da sua casa com o grafite da menina soprando sonhos: soprando mulheres, homens e crianças em vez de desejos. Confundindo-se com as plantas e rachaduras. O grafite e ela. A chuva começou a pingar no espaço outra vez.

Quando chove, eu chovo
Leminski não me sai da cabeça
praticamente um mantra
e já faz uma semana que chove

Minha chuva tem a umidade
de uma velha canção
cantarolada por um velho
desdentado
Tem o cheiro das tuas mãos em meus quadris...
um estado constante de quase sonho
quase realidade
quase
como a árvore desfocada lá fora
através da janela embaçada

Aceitar a natureza das coisas
fluir
É tudo ilusão, eu sei
Mas deve existir alguma medida para a realidade
Amor?
Sexo?
Toque?
Conexão?
E não são todas essas coisas
também
simplesmente
manifestações da natureza?

Agora,
abrir um vinho
me preparar para mais uma noite
sozinha
desejando
tão somente
que você volte um dia
e me ame
assim
como uma medida para a realidade

O texto do mestrado não avançou. Em vez do linguajar engessado e acadêmico, o que marcou a folha em branco foi o seu sangrar em palavras. Cogitou mandar para ele, mas desistiu. Já haviam conversado por telefone pela manhã. Queria tentar escrever alguma coisa da sua dissertação, não teve sucesso. Ler? Depois da primeira página sua mente já estava longe, atraída pelos seus vestidos se movendo com o vento – cada um escondendo uma memória que haviam roubado dela. O movimento é a forma do vento, fechou a janela. Lembrou que outro dia enquanto corria ela engoliu sem querer um inseto que cruzou com sua boca. Ficou preocupada na hora, depois esqueceu. Agora, queria mesmo é que o seu sangue se misturasse com o do inseto para que as asas crescessem. Largou o livro. Já era quase noite por inteiro. O vinho, mais uma taça de vinho. As estações do ano pareciam há alguns anos se dividir entre calor de derreter e frio úmido de rachar os ossos. A polarização parecia ser a sucessora da aclamada globalização. Era difícil para ela respirar nos pequenos espaços entre os opostos em constante choque. Mind the gap, essa não era uma advertência que lhe cabia, pois era justamente nos espaços vazios que ela se encontrava nos últimos anos. Sempre em queda livre, uma existência baseada em ser – e não em fazer – que provavelmente iria quebrá-la cada vez mais em pedaços, até que ela ficasse tão pequena que ninguém mais poderia vê-la ou alcançá-la. Triste? Não, apenas a vida que escolhera. Ser é um verbo matreiro, discorria em silêncio enquanto esvaziava mais uma taça de vinho. Deitou-se no chão da sala e deixou o mundo girar um pouco. O barulho do vento nas árvores lá fora lembrava as ondas se desfazendo na areia ao longe. Ah!, o oceano, suspirou, vou colocar meu coração dentro de uma garrafa de vinho barato e jogá-lo ao mar, tomou um último gole direto da garrafa. Quem sabe ele a encontre antes que o vidro se quebre e algum peixe faminto tenha meu coração como refeição. Dormiu ali mesmo, no chão gelado. Um sono profundo. Tentando fazer da ausência poesia, buscando recordar cada um dos traços dele em sonho, vivendo seus dias encontrando-o nas coisas pequenas e desapercebidas. "A poet girl", como ele dizia, reconstruindo dia após dias os dois juntos através dos pedaços dele nela, de cartas e vozes ligados por fibra ótica, ignorando, ignorando, ignorando, sempre! o fato que uma promessa feita só faz sentido se puder ser quebrada – e que, talvez, ele nunca volte.

SANGRA

Esqueceu de deixar o rádio ligado. Já estava quase chegando na estação de metrô quando lembrou que ao fechar a porta o seu apartamento estava em silêncio. Um silêncio profundo. Um silêncio que ela temia mais do que a morte. Um silêncio proporcional à solidão que sentia desde o divórcio com toda a sua divisão de bens e filho e cachorro e gatos. Ele ficou com a casa. Ela decidiu alugar um apartamento pequeno numa região arborizada próxima ao centro e aplicar o dinheiro que a separação lhe rendera para usar no futuro – sempre o futuro, a válvula de escape do agora. Pensando bem, aquele dinheiro mais parecia um espólio de guerra, muito embora a separação tivesse sido até que amigável diante do cenário no qual acontecera. O filho adolescente resolveu ficar com o pai porque a casa ficava mais perto da escola e ele queria aproveitar o sono matinal o máximo possível. O cachorro era do filho, logo ficou com ele. A ela restaram as duas gatas. Todo mundo feliz; ou quase. Agindo como adultos bem educados, sorrindo quando a vontade era virar a cara e contemplar qualquer coisa, a mosca na parede, mas não o semblante repulsivo de alguém com quem não se quer mais dividir nem mesmo o ar em uma sala. Adultos são bons em sufocar o que sentem sob o estigma da civilidade. O rádio ligado ao sair de manhã para o trabalho era o fio de esperança enganosa que usava como um truque barato: para que ao chegar em casa no fim do dia, ouvindo sons e vozes vindos de sua sala, seu coração se deixasse iludir que ao abrir a porta existiria alguém esperando por ela. Alguém que perguntaria como foi seu dia, prestando atenção nos detalhes mais bobos que ela pudesse narrar. Alguém que se permitiria mergulhar em conversas de mares profundos que ela tanto gostava. Alguém que a beijaria: que tocaria seu corpo para que sua pele, membros, músculos e sexo rememorassem que existiam de fato – e não somente como aquelas sombrinhas largadas em um canto qualquer de um café que têm sua sentença cravada quando a chuva cessa e o sol rasga as nuvens, perdidas para sempre em um limbo de esquecimento. Era tudo ilusão: o som do rádio, as vozes, o outro alguém, a chuva, o sol. A realidade ela confrontava todo dia ao abrir a porta, já cansada do trabalho, e suas gatas como sentinelas com grandes olhos amarelos miando, miando e miando não por amor ou devoção, mas porque lhes faltava comida no prato. Voltar para ligar o rádio estava fora de cogitação. Talvez, fosse um sinal de mudança. Talvez, ao voltar para casa mais tarde, devesse simplesmente jogar aquele rádio pela janela.

O casal sentado à sua frente no metrô estava se beijando há mais de cinco minutos, completamente alheios à sua presença ali. Simplesmente chegaram, sentaram e começaram a roçar e tocar um no outro como se desejassem virar uma coisa só. Um fio de saliva ligava uma boca à outra quando se desgrudaram por um instante. A menina, com não mais de dezesseis anos, riu cortando a saliva com o dedo. O menino puxou a cabeça dela para perto segurando seu cabelo forte pela nuca. Olharam-se em puro desejo e momento, a agarração começou novamente. Resolveu mudar de lugar. Não era a pegação dos dois que a incomodava, mas sim o fato de sua presença ter sido completamente ignorada: nem mesmo um contato de olhar. Ela não era uma sombrinha esquecida em um café. Não mesmo. O ato falho do rádio desligado ao sair de casa pela manhã era a sorte lhe mostrando que a vida é movimento, que era hora de mover-se, resgatar-se mulher de suas entranhas. Em qualquer outro dia permaneceria sentada para não ofender de forma alguma o casal caso houvessem percebido ela ali, ainda que improvável; ou para que não parecesse puritana ao olhar de pessoas próximas uma vez que o que a incomodava não tinha nada a ver com a sexualidade quase explícita do casal. Pensava demais, como se toda ação, palavra, verbo, gesto pudessem se desdobrar em significados sem fim. É provável que exatamente esse padrão de comportamento permitiu que seu casamento durasse tanto tempo: a tentativa levada à exaustão de entender o outro a ponto de passar por cima do óbvio, ao ponto de passar por cima de si mesma. Assim, quando a primeira traição aconteceu, ela deixou-se convencer de que em parte era sua culpa: afinal, o ex-marido reclamava com frequência que o trabalho dela – junto com os ensaios no final de semana com o coral no qual cantava – deixavam muito pouco tempo dela para ele. Saiu do coral. Após alguns meses percebeu que todo o tempo do mundo não seria suficiente para ele, que o que ele queria na verdade era devoção. O trabalho na empresa começou a exigir que ela virasse noites trabalhando. Assim veio a descoberta da segunda traição. Ela realmente estava trabalhando demais, o deixando muitas noites sozinho e... Alguma parcela de culpa ela deveria ter. Afinal, nessa dança chamada casamento quando alguém pisa no pé geralmente é porque o outro também saiu do compasso. Mudou de emprego, trabalhava então somente meio período há mais de três anos. Até que uma tarde a campainha tocou. Pela janela viu uma moça loira bem mais jovem do que ela com um bebê no colo. Abriu a porta. A moça a chamou pelo nome, pediu que ela saísse até o portão para conversarem. Não ouviu o que a moça falava. Não prestou atenção. Não precisava: o menino no colo da moça a encarava com os olhos de seu marido. O divórcio veio em seguida. Dessa vez não sentia nem um pingo de culpa, mas também não se deixou transbordar em lágrimas e soluços. Nem mesmo um berro de raiva abafado em um travesseiro. Nada.

Desceu do metrô para encarar a garoa fina e o vento. Sempre o vento. O vento naquela cidade vinha antes do dia, do tempo, do espaço. Parecia incessantemente querer impor a sua presença pelo desalinhar dos cabelos, redemoinho de folhas, cortinas brancas para fora das janelas. Parou um instante, contrariando o movimento da rua, querendo desafiar o vento que fazia seus cachos já meio grisalhos chicotearem sua face. Parou. Respirou. Queria berrar, não podia. Sentiu algo tocar suas pernas. Um cachorro. Assim que ela olhou para ele mencionando tocar seu pelo ele se afastou e latiu, latiu, latiu. Ela deu um salto para trás. Não se preocupe, disse o dono, ele só faz isso com moças bonitas como você: quer se fazer de difícil. Ela sorriu. Sentiu as bochechas corarem. Despediu-se do senhor voltando a caminhar. Envergonhou-se diante do elogio daquele senhor, mas por quê? Quem sabe porque ele a fez lembrar de que era mulher. A solidão tem dessas coisas, faz a gente se esquecer até da própria natureza, do sangue correndo nas veias pedindo por mais, por um olhar que se cruza, por um choro ou um berro. Um berro. Queria ter berrado pouco antes do cachorro e do senhor aparecerem. Queria ter berrado enquanto aquele bebê lhe encarava com os olhos de seu ex--marido. Queria ter berrado quando o ex-marido lhe disse que o bebê foi um descuido, que essas coisas acontecem quando a mulher deixa o homem muito tempo sozinho. Em vez de berrar recolheu-se em oblívio, fez do trabalho sua fuga, sublimou seus desejos e vontades com pílulas, negou ao seu corpo a sua natureza feminina masculinizando-se não por opção, mas por defesa: queria passar despercebida aos olhos do mundo para não se machucar, para não correr o risco de trombar em alguém que olhasse para ela e a fizesse se lembrar de que existe na vida o verbo amar. Sentia seu caminhar saltitante, achava aquilo ridículo para uma mulher de cinquenta e dois anos, porém não conseguia evitar. Era como se o seu corpo estivesse encantando pelas palavras do velho dizendo que ela era bonita, como se elas tivessem dado ao seu corpo o controle sobre sua mente. No frenesi em que se permitiu estar, olhou para o relógio – sim! ainda havia tempo para um último devaneio. Entrou na farmácia. Comprou um batom de um tom púrpura que passou ali mesmo, usando uma parte mais escura da vitrine como espelho. Chegou ao trabalho, a reunião estava começando. Ela, o bendito fruto entre os doze homens ali presentes. Sentou-se. Um desconforto em seu ventre. Sentiu-se inquieta. O diretor, que tinha a palavra naquele momento, lhe fez uma pergunta. Ela respondeu, dessa vez sem entrar naquela energia embebida de testosterona que impregnava aquelas reuniões. Respondeu sendo ela mesma, como mulher. Em seguida levantou-se. Foi até o banheiro. Baixou a calcinha para confirmar o sangue ali. Pegou um absorvente fino que sempre trazia na bolsa para emergências. Ao contrário de suas amigas, a menopausa ainda não dera sinais em seu corpo. No espelho, olhou para sua boca púrpura. O sangue entre suas pernas, seu ventre, a biologia de seu corpo se fazendo presente em sua natureza básica, em sua sabedoria. Entrou na reunião novamente. Tudo bem?, o diretor lhe perguntou. Sim, ela respondeu. Entre índices e números, uma risada brotou dela sem que conseguisse segurar, ficando cada vez mais alta, cada vez mais forte. Todos se voltaram para ela. Todos eles, todos aqueles homens com olhos de escárnio – pois, a força de uma mulher liberta é quase sempre vista como histeria aos olhos do mundo. Ela continuava a rir sem parar, já não se importava mais. Estava sangrando.

SOBRE O DESTINO DAS FLORES

Ele está caído no meio da rua. Pessoas começam a se acumular ao seu redor aos poucos, cobrindo o céu – antes de um azul fim de tarde de hora mágica – de rostos embaçados e bocas que se movem. Pedem para ele não se mover, que continue respirando, dizem que tudo vai ficar bem. "As flores...", um filete grosso de sangue escorre de sua boca. "Não fale. Não se mova, por favor. A ambulância já deve estar chegando", diz uma voz. Uma voz que poderia ser a dela, mas não era. Gostaria de poder ver um rosto conhecido, sentir um cheiro familiar; ou ainda uma voz que tenha ficado guardada em sua memória por algum ato de bondade. Respira fundo, sente uma dor aguda no pulmão que se estende para o resto do corpo: como se respirasse pela primeira vez, um recém-nascido que chora após puxar o ar só que ele sabe que é o contrário: está morrendo; e está sozinho. "Existe alguma outra forma de morrer?", se pergunta, "Sem nada ou ninguém além da sua consciência lhe dizendo que chegou ao fim", o corpo começa a tremer, as vozes vão ficando cada vez mais longe. Quer olhar o céu uma última vez, mas vê apenas vultos que agora mais parecem abutres em cima dele. Pensa em rezar, não sabe como. Assim como nunca soube direito se acreditava ou não em algo além dessa vida que levava e que agora, lentamente, deixava de ser sua. Reúne todo o resto de energia que ainda corre em seu corpo para mover a cabeça para o lado onde pode vê-las: as rosas – antes de um tom champanhe e agora vermelhas, caídas próximas à sua mão. Pensa na ausência de sentido na vida daquelas flores que não iriam cumprir seu destino final. Ou, quem sabe, o destino final delas era somente esse: o de conduzi-lo para a morte. Algumas lágrimas escorrem de seus olhos levando-o para ela: a pele que nunca tocou, mas que talvez tivesse tocado pela primeira vez essa noite. A mão se estica um pouco tentando alcançar algumas pétalas desmembradas da haste. "As flores, será que ela teria gostado das flores?", sorri. Solta o ar para não mais respirar.

Tudo havia sido planejado nos mínimos detalhes há algumas semanas. Resolveu que se não tinha coragem de falar com ela – as palavras simplesmente fugiam de sua boca cada vez que ela lhe dirigia um "olá!" ou "bom dia!"; ou ainda naquelas três vezes em que os dois foram os últimos a ficar no escritório na hora do almoço e ela caminhou, ou melhor, flutuou até ele sorrindo e perguntou: "Quer almoçar junto?" – bom, se as palavras o traíam, talvez ele conseguisse mostrar todo amor que sentia por ela através de um grande ato: algo que exigisse um planejamento, um observar dos movimentos dela no dia a dia. Algo que mostrasse o quanto ele a desejava e prestava atenção nela; apesar de sua timidez excessiva e da voz que saía apenas na forma de um sorriso entre sons monossilábicos, diante daquela mulher. Já havia perdido a conta de quantas vezes acordara de madrugada em um pulo na cama chamando seu nome. Beatriz, a que traz felicidade, a viajante, a peregrina, Beatus ou Viatrix; sim!, já havia pesquisado o nome dela, a origem do latim, e tudo fazia sentido. "A que traz felicidade", sentia, de fato, uma alegria imensa todas as manhãs ao vê-la chegar no trabalho, ao sentir seu perfume, ao ouvir sua voz suave. "Será que ela imagina o tamanho da felicidade que sua presença traz em minha vida apenas por ela existir no mundo?", era uma pergunta frequente naquelas longas conversas que tinha consigo mesmo. A verdade é que ele era muito sozinho. Falava pouco, apontado como esquisito por muitos: ela era a única pessoa que tentava falar com ele, que sorria para ele, sentia nesses momentos então como se de fato ele existisse de verdade; não somente como um fantasma que vaga pela cidade dia após dia sem saber direito o porquê de tanto trabalho e de tanta correria e de tanta gente e de tanto barulho e de tanto mundo.

Beatriz não sabia ao certo o que a atraía naquele homem. Ele era tímido, sabia disso. Era óbvio, afinal foram raras as vezes em que ela ouviu a voz dele pronunciar uma frase completa seguida de outra e talvez uma terceira. Mesmo nas vezes em que acabaram almoçando juntos era o silêncio que predominava. A voz dele era grave, tinha uma força e uma cadência que a acalmavam: poderia ouvir aquele homem falar por horas. Ele vestia sempre o mesmo modelo de calça – alternando entre o cinza e o cáqui – e camisa branca que, quando frio, usava por baixo de uma blusa de lã marrom com um decote V. A maioria dos colegas de trabalho se referiam a ele com adjetivos como: esquisito, mudo, maluco, nerd, estranho ou sem graça. Mas, havia algo nele que lhe trazia paz: o silêncio dele a confortava de tal forma que ela sabia que na presença dele não precisava se perder o tempo inteiro no excesso do reino das palavras que em seu olhar eram desmentidas pela verdade abafada em um grito que só ela ouvia. Nos poucos momentos do dia que conseguia dividir com ele era arrebatada por um sentimento de que não precisava ser nada além do que era para ser reconhecida por alguém. Que ela só precisava respirar e ser; e era apenas nisso que toda a sua beleza se traduzia para o mundo sem o esforço diário da maquiagem, das dietas, dos exercícios físicos, das frases e palavras bonitas e nomes de filmes e livros e teorias que jogava ao vento num esforço constante de se sentir interessante para o outro. Respirar e existir: era só o que bastava ao lado dele. Ansiava por saber que músicas ele escutava por trás daquele fone de ouvido ultrapassado que usava enquanto trabalhava na frente do computador. Que tipo de comida ele gostava? Qual era seu filme preferido? Outro dia viu um papel caído no chão em frente à mesa dele. Era uma lista de mercado com uma caligrafia comprida e bonita. Pegou-a em suas mãos e conseguiu ler "sauvignon blanc, cebola roxa, azeitonas pretas, queijo feta, pappardelle" antes que ele retornasse à mesa e gentilmente retirasse a lista de suas mãos. Ela adorava tudo aquilo e... Será que um dia ele cozinharia para ela?, pediu desculpas por ter lido, por ter se intrometido no mundo dele "mas o papel estava caído no chão", e ele apenas sorriu deixando escapar um "tá tudo bem", quase sussurrado, enquanto guardava a lista no bolso.

Há um ano e dois meses ele havia sido transferido para aquele escritório naquela cidade. Uma cidade imensa, cinza, fria, e que por vezes ainda lhe causava uma tontura e um embrulho no estômago, mas que, aos poucos, ia se acostumando a sentir como uma possibilidade. Fazia pouco mais de seis meses desde que seguiu Beatriz até a casa dela pela primeira vez. Foi um impulso que não conseguiu evitar assim como no primeiro dia em que a viu: ela sentou à sua frente durante uma reunião de apresentação e quando percebeu sua mão estava tocando os cabelos dela. Ela se virou, sorriu e lhe estendeu a mão falando seu nome. Então, de repente, lá estava ele atrás dela no metrô até por fim chegar à sua casa: uma casa antiga daquelas de dois andares cuja porta de entrada dá direto para a rua. Uma casa marrom clara com algumas flores vermelhas que pendiam de uma floreira improvisada do alto de uma janela que ele acreditava ser a do quarto dela. Seguiu-a uma segunda vez já por curiosidade, uma terceira porque queria ficar perto dela por mais tempo, e foi na quarta vez que ela entrou e se despiu em frente à janela e em seguida sumiu. Ele ficou ali parado, hipnotizado pela lembrança dos seios dela, e quase não percebeu quando Beatriz saiu de casa novamente com um saco de lixo nas mãos que deixou sobre a lixeira de ferro cinza na calçada. Escondeu-se num movimento involuntário, a respiração meio descompassada. Logo que sentiu segurança o suficiente, caminhou até a lixeira e pegou o lixo dela levando-o para casa. Era um lixo reciclável com embalagens de comida, garrafas de vinho, contas rasgadas, entre outros. Há cinco meses analisava o lixo dela; os restos daquela mulher através dos quais ele, como um animal, farejava e montava o quebra-cabeça que ela se tornara para ele. Anotava tudo, fazia tabelas e listas: já podia dizer com precisão qual vinho ela gostava mais, tipo de comida que a agradava, se ela estava ou não menstruada – sentia-se feliz convivendo e aprendendo através daquilo que ela jogava fora e rejeitava. Maníaco ou psicótico para alguns? Talvez. Mas, para ele, foi somente a forma que encontrou dentro da imensa solidão em que vivia – escondida atrás de uma total falta de aptidão para as relações humanas que ganhou força depois de algumas tantas rejeições que sofrera desde a adolescência devido à sua aparência comum e seus pensamentos extravagantes – de amá-la em silêncio. Dentro daquele silêncio que os corações sonhadores, rachados pela falta de delicadeza do mundo, se acostumam a viver após algum tempo para conseguir continuar respirando nesse planeta com alguma dignidade.

Ela acaba de chegar no trabalho e estranha encontrar a mesa dele vazia. Ele sempre está lá quando ela chega, não lembrava de ele ter faltado um dia sequer desde que começara a trabalhar ali. Vê-lo ali toda manhã era seu porto seguro: foi a forma que Beatriz encontrou de achar um ponto de constância e equilíbrio em sua vida tão cheia de sentimentos e desejos que tentava reprimir o tempo todo diante de tantas contas a pagar, de tantos romances possíveis que terminavam quando sentimentos reais e profundos começavam a ser divididos, de tantos sonhos que ela deixava guardados bem lá no fundo por medo do incerto e do futuro. "Covarde...", era a palavra que volta e meia ecoava em sua mente quando se olhava no espelho pelas manhãs. Talvez ela devesse dizer a ele que o amava, o quanto a presença dele a acalmava de alguma forma mágica. Não, não era capaz disso porque não conseguia se libertar do olhar cheio de julgamento dos outros: "O que iriam pensar de mim ao lado do 'fantasma-mudo-nerd-esquisito' do escritório?" Tinha raiva de si mesma por se preocupar tanto com a aprovação alheia que certa vez – quando chegou em casa depois de uma trepada de uma noite só e experimentou o vazio de um sexo em que não havia nem desejo nem amor nem busca mas apenas o alívio de uma parte animalesca totalmente física – pensou nele; em seguida pegou a faca mais afiada que tinha na gaveta da cozinha e fez um corte em seu braço. Ficou observando o fino rio de sangue escorrer apenas para sentir alguma coisa; alguma outra dor que não fosse aquele espaço oco e latente onde a aversão a si mesma crescia a cada dia. Ou, talvez, tenha sido apenas para provar que ainda habitava aquele corpo: que não era somente uma marionete controlada por outras mãos guiadas pela eterna busca de aceitação que só servia para afastá-la cada vez mais de quem ela era. Alguém comenta que ele acaba de ligar dizendo que está doente. Pensa em ligar pra ele, ver se ele precisa de alguma coisa. Pensa, pensa, pensa, pensa mais um pouco; mas não o faz. Decide que se ele não aparecer na manhã seguinte vai ligar para ele e ir até a sua casa. "Então, eu cozinharei uma sopa caso ele esteja gripado e ficarei com ele até ele dormir, até que melhore", está decidida: por um momento deseja que ele não esteja ali na manhã seguinte somente para que ela possa tornar real a sua decisão.

Desliga o telefone (ligou para o trabalho cedo para avisar que estava doente). Tira o pijama e começa a se arrumar. Está alegre, assovia alguma melodia enquanto penteia os cabelos e repassa em sua cabeça o jantar que cozinhará para Beatriz essa noite. Ainda pela manhã vai até o mercado e compra o vinho branco, os vegetais, o pappardelle, morangos para sobremesa; tudo como havia planejado no último mês. Volta para casa e toma um longo banho. Enquanto deixa a água escorrer em seu corpo se masturba pensando nela, imaginando como seria o toque daquela mulher. "Suave como a água", goza. Veste uma calça cinza com camisa branca e sapatos marrons. De dentro de um baú, retira uma corrente com uma chave pendurada que coloca ao redor do pescoço: ontem durante o almoço ele esperou até todos saírem e foi até a mesa dela, abriu a primeira gaveta e, como já era esperado, achou ali as chaves da casa. Transformou a uma hora de almoço em meia hora: correu para conseguir fazer a cópia da chave e retornar a original no seu devido lugar antes que Beatriz voltasse. A chave em seu pescoço cai bem no centro de seu peito e era exatamente ali que deveria repousar aquela cifra para o mundo dela. Em seu peito aquela mulher havia fincado a sua presença; e se essa noite ele pudesse encontrar por instante o lar entre seus seios, coxas e lábios, ele já se daria como um homem feliz por uma vida inteira. Resolve pegar um táxi em vez do metrô para evitar suar demais: quer estar perfeito para ela. O fim de tarde passa voando enquanto toca as paredes da casa de Beatriz como se fossem o corpo dela, enquanto cheira suas roupas, as calcinhas... Esse é um mundo que ele ainda não conhecia: o mundo das coisas que ela não rejeitava, das coisas que teciam sons, cores e finas tramas na vida da mulher que ele amava. Segue agora para a cozinha onde começa a preparar o jantar, a salada grega, a pasta com salmão, os temperos. A luz do dia já quase se foi e ele sabe que ela chegará em pouco mais de meia hora. Arruma a mesa com a louça dela, as taças de um vidro verde fino, os castiçais de cristal que comprou para a ocasião. Abre o vinho e serve a salada na mesa. Monta os pratos e deixa no forno. Enquanto admira a sua obra acendendo as velas, lembra das flores: "As flores, como pude esquecer as flores!", dez minutos, ainda tem cerca de dez minutos antes que ela chegue. Sai correndo pela rua até a floricultura mais próxima que fica a umas três quadras dali. Não tem tempo para pensar demais e pede por rosas, mas não as vermelhas: quer as champanhe porque se parecem com a pele dela. Olha para o relógio, está atrasado. Corre pela calçada tentando desviar das pessoas e atravessa sem prestar atenção no carro que virava a rua e que, por sua vez, não consegue desviar dele.

Beatriz chega em casa e se assusta ao se deparar com a mesa montada, as velas... Cogita ligar para a polícia, mas como não há sinais de arrombamento começa a andar pelos cômodos da casa. Não achando nada de errado e nem ninguém, se pergunta se está dormindo ou acordada. Volta para o andar de baixo. Repara na mesa: o queijo feta na salada, o seu vinho preferido aberto. Percebe o forno ligado e se encanta ao ver o pappardelle com salmão repousando ali dentro em um fogo baixo. "A lista dele...", suspira ao lembrar daquele papel em suas mãos outro dia. "Será? Mas como?", não importa. Por mais louca que seja a explicação para o que está acontecendo naquele momento, ela tem certeza de que a resposta a levará até ele. Senta-se à mesa e serve-se de um pouco de vinho. Com o coração batendo em staccato dentro do peito, fica olhando para a porta esperando ele chegar; alheia ao mundo lá fora, a noite que cai, ao som dos carros e às sirenes de ambulância ao longe. Ela sabe que ele virá: e isso é a única coisa que importa.

POSFÁCIO

A primeira coisa que escrevi de **Amores Ruins** saiu na forma de um poema. Não consegui encaixá-lo em nenhum conto como era minha ideia original. Porém, voltei para ele várias vezes durante o processo de escrita. "O infinito das coisas é o silêncio" serviu como uma âncora para que eu não me perdesse do sentimento base que conduzia cada história, cada personagem, sempre de diferentes formas, mas com a mesma magnitude em suas polaridades. Achei válido que o leitor que chegasse até o final desse livro tivesse acesso ao poema. Talvez ele sirva para concluir algo que tenha ficado em aberto, talvez seja simplesmente um poema anexado no final de um livro de contos. De qualquer forma, divido com vocês o começo de tudo, a minha âncora, um pedacinho do meu processo de criação.

O infinito das coisas é o silêncio

No começo havia um sol
que ardia em minha cabeça
me cegava a vista
encantando mariposas
e outros insetos da noite
O vento sussurrava um nome ausente de significado
mas que se fazia ouvir
           [um certo cheiro de promessa no ar
Como se por baixo da grossa camada de gelo
toda vida estivesse sintetizada em um só grão de areia
de um vasto deserto

que se faz em cores
e umedece
com apenas um toque
seguido de um som
o Om primordial
se propagando além do imensurável

"Há algo de mudo no infinito das coisas"
esse pensamento me toma a mente
Caminho
Sigo adiante –
nunca quis para mim o pra sempre
Busco encontrar o movimento no agora
no calor de um outro corpo
no momento que se perdeu entre a forma e a entrega
as linhas do teu rosto se apagando
e
é assim
que vou te reconstruindo
como uma intuição
um pequeno susto sem motivo
                [um *déjà vu* ao avesso?
seguido de uma risada
Uma pequena alegria sem sentido que se esvai
antes de virar pensamento
estéril em motivações
mas que permanece no ar:
encharca os fluidos do corpo como um pressentimento
uma estória quase escrita por alguém
que se esqueceu

de um amor
possível

Então,
choveu
E a chuva me batia nos ombros como pequenas chicotadas
até me inundar o peito
Nadei nadei nadei
até perder o ar
até esgotar as palavras que rimavam com a esperança
até o eu
a frente do verbo
não fazer mais sentido

E no final
com uma chama ardendo nas mãos
fiz uma pequena reverência em frente ao bosque
vivo
denso
imperial
retorcido em flores abertas e troncos podres
Agradeci mesmo sem saber
o porquê –
agradeci porque não me restava mais nada além do meu corpo
ardendo
o fogo
as mãos em brasa
os cabelos molhados
os pés pretos fincados na terra lodosa
                       [um princípio de criação

Mas como é difícil falar
da primavera que nunca tive (?)
Verdadeiro verde
nos ensina a navegar
em violentos mares

AGRADECIMENTOS

Achar o nome de um livro é sempre complicado, mas esse surgiu logo no início quando encontrei meu amigo, também escritor, Otávio Linhares no Café da Arte e Letra e comentei com ele que eu achava que ia começar a escrever um livro novo de contos. Ele me perguntou o nome e eu disse que não tinha ainda. Perguntou, então, sobre o que seria o livro e eu disse que seria um livro sobre amores do dedo podre, amores ruins. E ele me disse: "Amores Ruins" esse é um ótimo nome para o teu livro, você já tem o nome. Obrigada, Otávio, por jogar a luz para que eu descobrisse o nome desse livro que eu já tinha, mas não sabia. Sérgio Menezes, meu querido amigo ao qual eu confiei o primeiro tratamento desse livro, ainda cheio de erros e dissonâncias, para que me ajudasse a traçar uma ordem no contos. A ordem não ficou exatamente aquela, mas foi importante. Priscilla Lemos, que me fez companhia em vários momentos enquanto eu escrevia, que algumas vezes me ouviu chorar enquanto falava de algum personagem trazendo a emoção à tona. Guenia Lemos, a primeira pessoa a ler por inteiro o primeiro manuscrito desse livro e me dar uma resposta: você me ajudou a dar à luz a esse livro uma vez que um livro só passa a existir de verdade quando é lido por um primeiro alguém. Henrique Ribeiro por também ter recebido o primeiro manuscrito desse livro, pela leitura e palavras. Thiago Tizzot, meu editor, por me ajudar a enxergar onde há excesso e onde há falta. Luiz Galvão, meu companheiro, por me permitir o tempo que eu preciso para escrever, por aguentar a loucura dos personagens em mim quando estou vivendo-os no texto, por me acompanhar e acreditar.

SOBRE A AUTORA

Vergínia Grando nasceu em 1977, em Curitiba, cidade onde mora ainda hoje. Diretora de cinema e roteirista, seu primeiro livro, o romance Se nada mais der certo eu não tenho plano B, foi publicado pela Arte e Letra em 2016. Seu segundo livro, o infanto-juvenil O menino e a louca do bosque foi lançando em 2021 também pela editora Arte e Letra. Amores Ruins é seu terceiro livro na forma de quinze contos sobre amores que não deram certo ou que morreram sem ser.